USA TODAY BESTSELLING AUTHOR

DALE MAYER

La Joyeuse Folie du Gui

Jolis Jardins Maudits 27

La Joyeuse Folie du Gui : Jolis Jardins Maudits, tome 27
Beverly Dale Mayer
Valley Publishing Ltd.

Copyright © 2024

Traduit de l'anglais par Emma Valieu et Valentin Translation

Il s'agit d'une œuvre de fiction. Les noms, les personnages, les lieux, les marques, les médias et les incidents mentionnés sont le produit de l'imagination de l'auteur ou utilisés de manière fictive. Toute ressemblance avec des événements, des lieux ou des personnes, existant ou ayant existé, est entièrement fortuite.

ISBN-13 : 978-1-834083-34-6
Format Print

Résumé du livre

Une nouvelle saga cosy mystery de l'auteure best-seller de *USA Today*, Dale Mayer. Suivez la jardinière et détective amatrice Doreen Montgomery et ses amusants (et vraiment adorables) chat, chien et perroquet, tandis qu'ils attrapent les meurtriers et résolvent des crimes dans la merveilleuse ville de Kelowna, en Colombie-Britannique.

De la richesse à la misère… Avec les dénouements… Viennent les nouveaux départs… Et le chaos comble les trous !

Noël peut-il être encore plus dingue ? Mack a une nouvelle affaire, et, heureusement pour elle, Doreen trouve un *cold case* qui lui est lié, lui permettant de finir l'année sur une belle note.

Pendant tout ce temps, elle lutte pour s'y retrouver dans les cadeaux, et contre Nan qui souhaite organiser une fête spéciale à Rosemoor en son honneur. En plus, Doreen doit résoudre toute sorte de problèmes, y compris une histoire de gui disparu, que Nan insiste pour avoir à la fête.

Et puis il y a les secrets… Bien entendu, c'est Noël, alors peut-être faut-il s'attendre à ce qu'il y ait des secrets… Cependant, quand ceux-ci impliquent Nan, Doreen devrait sans doute s'inquiéter quand même.

Inscrivez-vous ici pour être informés de toutes les nouveautés de Dale !

https://geni.us/DaleNews

Chapitre 1

Première semaine de décembre…

C'ÉTAIT EN DÉBUT de soirée, lors de la première semaine de décembre. Doreen était blottie dans les bras de Mack, un plaid enveloppant leurs épaules, ils étaient assis près de la rivière, tous deux avec une tasse de chocolat dans la main. Goliath et Mugs étaient étendus à côté d'eux et Thaddeus leur tenait compagnie sous la couverture.

— Il fait plus froid, mais toujours pas de neige. C'est inhabituel pour la région, selon tous

les gens du coin, dit Doreen d'une petite voix. J'ai du mal à croire que Noël arrive à grands pas.

— Et se rapproche, ajouta Mack en riant. Et tu es submergée par les préparatifs de la fête, n'est-ce pas ?

— En effet, répondit-elle, de bonne humeur. Toutefois, je ne sais pas bien comment j'en suis

venue à m'occuper d'une grande partie des préparatifs d'une fête qui est donnée en mon honneur, dit-elle, en secouant la tête. Après plus d'une décennie sans fêter Noël sous quelque forme que ce soit quand j'étais mariée, je dois admettre que je m'amuse.

— Et ça t'éloigne des ennuis, alors ça me va aussi.

Elle lui asséna un léger coup de poing dans le bras.

— C'est dingue de se dire que cette paix et cette bienveillance pourraient perdurer après les vacances. Et pourtant, il me semble avoir lu quelque part que le taux de crimes violents augmentait lors des grandes vacances.

— Je crois que c'est vrai. C'est stressant pour beaucoup de monde. À chaque fois qu'on ajoute du stress, ça éclate.

— C'est vrai, mais selon moi, poignarder quelqu'un par surprise car on n'a pas eu de bague en

diamants alors qu'on vit de paquets de nouilles instantanées, ce n'est pas vraiment pareil.

Mack acquiesça.

— Peut-être pas. Mais si ce jeune homme veut offrir une bague en diamants à sa petite amie

mais ne peut pas se le permettre, alors il cède à une frénésie criminelle pour obtenir l'argent et pouvoir l'acheter ?

— Si c'est ce qu'il faut pour garder son amour, alors, premièrement, ce n'était pas de l'amour

et, deuxièmement, elle ne vaut pas la peine qu'il gâche sa vie. Mais je comprends ce que tu veux dire, dit-elle avant de se tordre le cou pour le regarder. Tu n'as pas de nouvelle affaire, hein ? Tu ne me caches pas quelque chose ?

— Non, pas de nouvelle affaire, répondit-il, la rapprochant de lui et remettant la couverture

sur leurs épaules. Et c'est une bonne chose comme nous avons pas mal d'administratif à faire. Quelqu'un continue de résoudre les *cold cases* que nous accumulons et qui se mélangent à nos affaires en cours. Je dois te dire, cette personne est douée, mais elle est surtout là pour l'excitation de l'enquête. Ce qui est déroutant, c'est que malheureusement, elle est aussi toujours là pour les conclusions dangereuses. Par contre, quand il s'agit de faire le ménage… on ne la trouve nulle part.

Elle se tourna vers lui, outrée.

— Tu sais que je serais là si je le pouvais !

Le rire de Mack résonnait le long du courant puis gagna en force.

— *Chuuut* ! Tu fais trop de bruit.

— On ne dérange personne.

En réponse, un reniflement sonore retentit derrière eux.

Doreen se retourna vers le son qui suivit, en déduisant que Richard posait sa chaise contre la clôture et passait sa tête par-dessus.

— Bonsoir, Richard. N'est-ce pas une agréable soirée ?

Les yeux de son voisin s'agrandirent.

— Vous êtes dingue ? On se les gèle dehors ! On est en décembre, au cas où vous n'auriez pas de calendrier.

Il leur jeta un dernier regard puis disparut de l'autre côté, marmonnant à propos de gens fous. Doreen pouffa.

— Passez une bonne nuit ! lui cria-t-elle, luttant pour réprimer ses gloussements.

Quand Richard claqua sa porte, même Mack se joignit à ses rires. Son téléphone se mit alors à sonner. Se mouvant sous la couverture pour le trouver, il vérifia d'abord le numéro puis se redressa et s'éloigna de quelques pas.

— Mack à l'appareil. Quoi de neuf ?

Il écouta un moment puis se tourna pour regarder Doreen.

C'était le signal qu'elle reconnaissait systématiquement. Elle plaça Thaddeus sur son épaule et se leva, le plaid les enveloppant toujours tous deux.

— Vous avez bien dit du gui ? demanda Mack.

Elle s'immobilisa et fit face à Mack, ravie.

Ses sourcils à lui se froncèrent davantage tandis qu'il la contemplait.

— Non, monsieur… Oui, monsieur. Vous avez raison. J'arrive.

Elle lui fit un grand sourire.

— Du gui ?

— Ouais, mais ça ne te concerne pas, dit-il, se rapprochant encore plus. Mais ça veut dire que je dois partir. Alors, joyeux Noël, tout ça.

— Ne devrais-tu pas dire « Joyeux Gui », cette fois ?

Il pivota pour la regarder.

— Qu'as-tu dit ?

— *Joyeux Gui*, répéta-t-elle. Ça fait un chouette nom pour une affaire.

— Oh non, ne fais pas ça. Si je te laisse t'approcher de cette affaire-là, ce sera la folie, dit-il, secouant la tête et la pressant vers la maison. Il est temps de rentrer, puisque je dois partir.

— Je pourrais rester dehors, protesta-t-elle, mais davantage pour le taquiner, car sans son incroyable chaleur corporelle, elle commençait déjà à frissonner.

Puis elle s'interrompit et se mit à rire.

— C'est encore mieux…

— Quoi donc ? demanda Mack alors qu'ils atteignaient le patio.

— *La Joyeuse Folie du Gui*, s'extasia-t-elle.

Il s'arrêta pour l'observer.

— Bien tenté. C'est une affaire en cours. Rien de classé pour celle-ci.

— Alors, il est peut-être temps que je passe aux affaires en cours, suggéra-t-elle, remuant ses sourcils à la Groucho Marx.

— Ça, non !

Mack ouvrit la porte, fit entrer tout le clan, avant de

fermer derrière eux. Il prit ses clés et se dirigea vers l'entrée.

— Ça sonne bien ! s'écria-t-elle.

Quand il lui lança un regard mécontent, elle battit des cils et arborait un large sourire sur le visage.

— Oh non, dit-il en opinant du chef.

Puis il lui donna un rapide baiser avant de partir.

Elle s'avança sur le porche de devant.

— En avant pour *La Joyeuse Folie du Gui* !

Richard passa la tête par l'embrasure de sa porte d'entrée.

— Un truc qui vous mêle vous et du gui rendrait quiconque fou !

Et sur cette pique, il battit en retraite et claqua la porte.

Imperturbable, Doreen rentra chez elle, le cœur empli de joie. Elle n'avait aucune idée de ce qui se passait avec ce meurtre et ce gui, mais ça ne signifiait qu'une chose : une nouvelle enquête ! Tout ce qu'elle avait à faire, c'était de relier un *cold case* à l'affaire en cours de Mack, et elle en serait ! Avec cette idée en tête dominant toutes les autres, elle devait trouver quoi faire ensuite.

Chapitre 2

— NON ? répéta Doreen, regardant Mack d'un air contrarié.

Il était passé ce matin pour prendre une tasse de café avant de se rendre au travail. Il saluait

toujours ses animaux avec un câlin ou une gratouille derrière l'oreille, ou bien une petite caresse. Elle avait également eu son câlin, mais cela ne l'empêchait pas d'insister.

Mack l'observait, un soupçon de sourire sur le visage. Elle lui répondait d'un regard noir, les mains sur les hanches. Il secoua la tête.

— Te fâcher contre moi ne changera rien, dit-il avant de lui tapoter gentiment le nez. Tu connais les règles.

— Mais tu peux les changer, réagit-elle d'un ton implorant. Je n'ai rien trouvé qui me relie à cette affaire.

— Je sais, répliqua-t-il avec un grand sourire. Je dois admettre que j'aime vraiment beaucoup ça.

Les épaules de Doreen s'affaissèrent.

— Tu pourrais au moins me faire une fleur.

— Une fleur ? répéta-t-il, stupéfait. Te faire une fleur à toi, ce serait complètement différent et ça m'apporterait de gros ennuis.

Elle leva les deux mains, frustrée.

— Mais alors je ne peux pas étudier ton affaire en cours, pas sans un *cold case* à lui associer.

— Je sais, dit-il, avec un sourire satisfait encore plus grand. Alors, penses-y. Je dois bosser tout seul sur cette affaire.

— Tu auras besoin de mon aide, déclara-t-elle avant de faire un grand sourire à son tour. Je pourrais me contenter d'attendre jusqu'à ce que tu me demandes de l'aide.

Il soupira.

— Je comprends que tu obéisses à tes propres règles, mais nous avions un département très

efficace avant ton arrivée en ville. Tu le sais, ça, hein ?

— Je sais, marmonna-t-elle, et son sourire s'effaça. Je m'ennuie.

Il la dévisagea.

— Comment peux-tu t'ennuyer avec tous les préparatifs dans lesquels Nan se lance pour

cette fête ?

Il y avait quelque chose dans son ton qui ne sonnait pas juste. Doreen fit la grimace.

— Est-ce qu'elle t'a demandé de l'aide aussi ? Je lui ai dit que je pouvais m'en charger…

que tu étais occupé et qu'elle devait te laisser tranquille.

Il lui fit face et un petit sourire apparut.

— Tu peux dire à Nan tout ce que tu veux, mais toi et moi, on sait que Nan fait exactement

ce qu'elle pense devoir faire. Personne ne lui dit quoi faire.

— Tu n'auras aucun argument de ma part à ce sujet, concéda Doreen en soupirant. Mais je

suis quand même désolée. Elle doit bien t'agacer.

— Tu veux dire comme toi, tu m'agaces ? demanda-t-il,

haussant un sourcil.

— Mais je ne le fais pas ! protesta-t-elle. J'essaie juste de te prêter assistance. Comment peux-tu soupçonner ça ?

Mack grommela.

— Et nous y revoilà. Crois-le ou non, nous nous en sortions bien à enquêter et résoudre des

crimes avant que tu ne te pointes à Kelowna.

— Je le comprends, admit-elle, et je n'essaie vraiment pas de sous-entendre que tu ne peux

pas faire ton boulot sans moi. Honnêtement, si je devais être sincère, commença-t-elle à expliquer en faisant craquer la jointure de ses doigts, révélant qu'elle était à bout de nerfs, c'est moi qui ne peux pas faire sans vous, les gars.

Il s'immobilisa et la regarda, soucieux.

— N'as-tu rien d'autre à faire ? s'enquit-il, d'un ton légèrement inquiet.

— Pas vraiment, répondit-elle en haussant les épaules. On dirait qu'il ne se passe rien en ce moment. Et comment ça se peut, d'ailleurs ? marmonna-t-elle. Enfin, je ne veux pas me réjouir d'une affaire dangereuse ou audacieuse qui pourrait m'attirer toutes sortes d'ennuis.

Le problème avec cette déclaration, c'était qu'elle peinait à rejeter l'espoir discernable dans sa voix tout en disant cela.

Mack secoua la tête.

— Toi, ma chère, tu as un problème.

— J'ai un problème car je n'ai pas de dossier sur lequel plancher ! s'exclama-t-elle en levant

les paumes, alors que tu pourrais m'aider là-dessus.

— Non, je ne peux pas, dit-il avant de se pencher et de l'embrasser pour qu'elle n'ait pas l'occasion de riposter. Je dois me rendre au bureau. J'ai juste fait un saut pour voir comment tu allais.

— Je vais bien, murmura-t-elle d'un ton mélancolique.

Il éclata de rire.

— Ça ne marche pas sur Mugs et encore moins avec moi. En plus, tu m'as dit avoir

tous ces trucs de succession à gérer.

Elle frémit.

— Ouais et tu as une idée de tout ce que ça demande ? Tout n'est que détails minuscules, grogna-t-elle. Je veux dire, ce ne sont que des signatures et des documents et des déclarations et des dates. Il y en a des tas !

— Tu vas maintenant être une femme riche, fit-il remarquer. Alors, tu dois t'occuper de ça.

— Je sais et je dois trouver quelqu'un de confiance pour m'aider. Normalement, ce serait Nan, mais elle m'a dit que je devrais choisir quelqu'un de plus jeune, ajouta-t-elle avant de frissonner. Ça aussi, c'est un peu un défi.

— Même si je déteste carrément dire ça, j'ai une suggestion. *Bernard.*

Elle l'avait rencontré, il y avait un moment de cela, sur l'une de ses affaires, et elle savait que Mack ne l'aimait pas particulièrement, mais il avait de l'argent et semblait sensé dans son approche de la vie et des dépenses par rapport aux investissements. De plus, elle avait découvert lors d'une petite recherche sur Internet le montant de l'argent dont il avait fait don aux moins fortunés. Alors, en théorie, il pouvait l'aider à régler ses problèmes financiers ou au moins lui indiquer la bonne direction, peut-être en lui recommandant un conseiller financier.

— Oh, c'est une bonne idée.

— Je sais. Seulement, je n'aime pas l'idée que tu traînes avec lui. C'est un sacré personnage.

Doreen sourit.

— Si tu n'as rien d'autre à faire pour moi, je pourrais aussi lui demander comment gérer mon argent. Il devrait savoir ce que je dois faire de tout ce que je vais recevoir de la succession de Mathew.

— C'est vraiment un défi à ce point ? questionna Mack, amusé. Je veux dire, la plupart des gens ne considéreraient pas comme problématique d'avoir cette quantité d'argent.

— Bien sûr, ce n'est pas un problème aujourd'hui de payer mes factures, dit-elle en levant

les yeux au ciel. Et pourtant, c'est un petit défi de trouver comment le protéger, comment le faire fructifier pour qu'il devienne un plus gros pécule, comment aider les autres sans que je devienne fauchée et elle est là, la différence. Je ne veux plus jamais être pauvre et je veux mettre de l'argent de côté pour Nan, en cas de besoin. De plus, je veux avoir la confirmation que je peux aussi aider les autres. Cependant, je ne sais pas comment réussir tout ça sans me retrouver avec une tonne de taxes, dit-elle, soucieuse. Cette histoire de taxes… c'est tout simplement scandaleux.

Cela fit rire Mack.

— J'en déduis que tu n'as pas eu à t'occuper des déclarations fiscales quand tu étais mariée.

— Oula, non. Cela aurait été bien trop compliqué pour une femme comme moi, tu vois.

Mack eut un rictus.

— C'était le problème de ton défunt mari et étant donné qu'il est désormais six pieds sous

terre, ça ne lui pose plus du tout problème. Et même si je ne dirais pas que je suis heureux de son trépas car je passerais pour un insensible, je ne suis vraiment pas bouleversé qu'il ne fasse plus partie du paysage. Et je suis vraiment content que ton nom ait été blanchi pendant qu'était résolu son meurtre. Alors, maintenant, nous pouvons aller de l'avant.

— Je sais, dit-elle en soupirant. Ça a été une sacrée année.

— Oui, assurément. Tu pourrais demander à Nick s'il a des conseillers financiers à te

recommander.

Doreen grimaça mais hocha la tête.

— Je me demande pourquoi Nan continue de t'embêter pour que tu l'aides à préparer la

fête… Franchement, elle est obsédée par toute cette histoire.

— Non, sans blague, répondit-il, là encore avec un petit ton étrange.

Elle le scruta attentivement.

— Tu me caches quelque chose ?

— Non, rétorqua-t-il, en marchant jusqu'à la porte d'entrée. Je n'oserais pas, ajouta-t-il, et lorsqu'elle fronça les sourcils, il rit. Ne t'en fais pas pour ça. Je peux gérer Nan.

— C'est tant mieux car elle semble penser que personne d'autre ne peut s'occuper convenablement de cette fête. Elle croit également que je pourrais peut-être aider un peu à m'occuper de toi, d'ailleurs.

Il se tourna vers elle et son visage afficha alors un réel amusement.

— Es-tu en train de me dire qu'elle te conseille sur la façon de t'occuper de moi ?

— Oui, un truc de ce genre, marmonna Doreen. Elle semble estimer que tu es si différent de

mon ex que je ne comprendrai jamais vraiment rien à ton sujet. Comme si je pouvais foirer notre relation ou je ne sais quoi. C'est assez démoralisant.

— Je suis sûr qu'elle fait juste ça parce qu'elle t'aime.

Doreen acquiesça.

— J'en suis absolument certaine. Elle a toujours été de mon côté, mais ça ne rend pas cette

partie plus facile.

Mack s'en amusa.

— Non, j'imagine que non, dit-il avant de reprendre sa marche vers sa porte d'entrée. Même

si j'aimerais rester ici et entendre davantage de détails là-dessus, je dois aller travailler.

Et puis, il partit.

Elle demeura sur son porche, les mains sur les hanches, observant Mack s'en aller, se

demandant ce qu'elle avait fait pour mériter un homme si doux et si sage.

Juste à ce moment, Richard sortit de sa maison, la regarda, les sourcils froncés, et entreprit de retourner à l'intérieur.

Doreen haussa les épaules.

— La zone est suffisamment sûre ! s'exclama-t-elle.

Il inspecta les alentours, hésitant.

— Vous êtes certaine ? Pas de bus, rien ?

— C'est presque Noël, lui rappela-t-elle, alors il n'y aura pas de tournée de bus.

Il la regarda d'un air renfrogné.

— Et les tournées de bus pour les illuminations de Noël ?

— Les tournées de bus pour les illuminations de Noël ? répéta-t-elle, abasourdie. Qu'est-ce que c'est ?

— Ils font un tour du voisinage, montrant à tous les jolies lumières que les gens installent.

— Je n'ai installé aucune jolie lumière, marmonna Doreen avant de désigner la maison de

Richard d'un signe de tête. Vous non plus.

— C'est vrai, dit-il, paraissant se réjouir un moment. Je pensais en mettre quelques-unes

cependant.

— Je ne pense pas que nos lumières seront considérées comme jolies, dit Doreen, indiquant

leurs deux maisons, peu importe combien nous en mettons. Ce ne sera vraiment pas un problème pour que ces bus de tourisme viennent ici.

— Ouais, vous dites ça maintenant, grommela tristement Richard. Et puis un jour, je regarderai dehors et me retrouverai scruté dans tous les sens par tous les voisins, une fois qu'ils auront installé leurs belles guirlandes.

Doreen poussa un soupir.

— Les bus touristiques ont été une épreuve… Je suis désolée, Richard.

— Ouais, vous faites bien, rouspéta-t-il, rentrant dans sa maison comme un ouragan.

Elle ignorait ce qu'il attendait ou voulait d'elle. Cela semblait sans importance puisqu'il se comportait de la même manière, que les choses se passent bien ou mal. Peut-être n'était-il qu'un vieil homme grincheux avec qui il était impossible de parler ou d'agir. Il avait peut-être toujours été ainsi, jamais content, ce qui n'était sûrement pas loin de la vérité. Mais elle n'avait pas besoin de devenir une vieille femme aigrie pour abonder dans son sens. Peu importe quel était son problème, c'était le sien, pas celui de Doreen.

Chapitre 3

RETOURNÉE DANS SON salon, Doreen remarqua que les animaux la suivaient de près à chaque pas. Quand elle baissa les yeux vers eux, même Mugs parut déprimer et s'ennuyer.

— Je sais. Ça fait des semaines que nous n'avons pas eu d'enquête.

Elle ne voulait pas s'asseoir là, à espérer recevoir de nouvelles investigations. Cela insinuerait qu'elle veut que les gens commettent des crimes, ce qui entraînerait l'apparition d'autres cadavres. Ce n'était pas ce qu'elle voulait, pas vraiment. Mais elle ne voulait pas non plus tourner en rond.

Quand son téléphone sonna quelques minutes plus tard, elle posa le regard dessus et rouspéta.

— Bonjour, Nan, dit-elle prudemment.

Après un moment de silence, Nan ricana.

— On aurait dit que tu t'inquiétais d'une chose que je pourrais dire.

— Je ne m'inquiète pas tellement que tu aies quelque chose à dire, clarifia Doreen, mais je m'

inquiète que tu puisses me demander de descendre et de préparer d'autres trucs.

— Et c'est ce que j'allais faire, déclara Nan avec brusquerie. C'est une fête en ton honneur, après tout.

Donc Doreen était redevable envers Nan car la fête était pour elle ?

— Et comment ça se fait ? s'enquit-elle avec une pointe d'humour. Je veux dire, c'est toi qui as soi-disant organisé cette fête.

— Bien sûr, mais c'est beaucoup de travail, alors ton aide est la bienvenue.

— Je vois, marmonna Doreen, un sourire sur le visage malgré tout.

Mais elle ne voyait rien du tout. Il n'y avait rien de visible quand il s'agissait de ça, particulièrement quand Nan était mêlée. Toutefois, il serait peut-être mieux pour Doreen qu'elle fasse quelque chose de constructif, même si c'était pour sa propre fête, plutôt que de rester assise là à ne rien faire.

— Je suis d'accord, dit Nan.

— Je n'ai rien dit.

— Non, mais tu l'aurais fait, déclara joyeusement Nan. Tu ferais mieux de venir ici nous donner un coup de main que de rester assise là-bas et te morfondre.

— Me morfondre ?! s'exclama Doreen. Je ne me morfonds presque pas.

— Tu en es sûre ? demanda Nan, le doute dans la voix.

— Évidemment que je suis sûre, rétorqua Doreen. Ce n'est pas un truc que je ferais.

— Peut-être pas, concéda Nan avec dédain. Cela dit, nous ne voulons pas que tu en aies l'occasion non plus.

— Bonté divine, murmura Doreen, en partie pour elle-même.

Ce qui fit rire Nan.

— Oui, très divine, et tu devrais remercier le Seigneur car il t'a fait cadeau de moi.

En entendant cela, Doreen fixa le téléphone et se mit à rire.

— Je ne peux pas dire le contraire car tu m'as effectivement sauvé la vie.

— *Ah*. De bien des façons, tu nous as sauvé la vie. Les choses n'ont jamais été si amusantes depuis ton arrivée en ville.

— Possible, répondit Doreen, mais ça n'est pas nécessairement une bonne chose.

— Bien sûr que si, répliqua Nan en riant. Ne t'en fais pas pour tous ces autres gens. Ils peuvent s'en aller et s'occuper de leurs affaires. Tu as besoin de profiter un peu de la vie.

— Peut-être… Je t'avoue que j'envisageais de tenter de faire quelques pâtisseries de Noël. Je pense que cela ferait plaisir à Mack.

— Oh oui, et que vas-tu lui offrir pour Noël ?

Doreen cessa de bouger et murmura :

— *Oh oh…*

— Tu n'as rien pour lui ?! s'écria Nan.

— *Hmm*, nan ! Je n'ai rien du tout, dit Doreen, se faisant alors soucieuse. Je suppose qu'on

s'attend à un cadeau, c'est ça ?

Nan renifla.

— Tu es sérieuse ?

— Ouais, je suis sérieuse, Nan. Je n'ai rien à lui offrir, d'accord ? Je ne pensais vraiment pas

que c'était la chose à faire. Nous sommes des adultes, après tout.

— Oui, vous êtes des adultes, rétorqua Nan, exaspérée.

Mais ça ne veut pas dire que ton cœur est mort. Les adultes veulent encore des cadeaux, ajouta-t-elle avant de rire. Puis-je supposer que tu n'as rien pour moi non plus ?

— Oh, c'est pas vrai…

Doreen se laissa tomber sur la chaise de salon la plus proche, l'une de celles faisant partie d'un ensemble. Elle n'avait toujours pas acheté de meubles.

— Je vais prendre ça pour un oui, réagit gaiement Nan. Heureusement que je t'ai prévenue.

Ça te donne au moins une semaine pour trouver quelque chose.

— Une semaine, répéta Doreen, fixant son téléphone, horrifiée. Qu'est-ce que je peux bien acheter en une semaine ?

— Je ne sais pas, répondit Nan, le ton de sa voix se faisant plus rusé. Qui suis-je maintenant ? Ta marraine la bonne fée ? Bonté divine, vous n'avez vraiment jamais célébré Noël, Mathew et toi ? Une autre raison d'exécrer cet homme.

Doreen ne savait pas du tout quoi dire à cela, alors elle garda simplement le silence.

— Tu dois trouver une solution et bientôt.

— Peut-être devrais-tu inverser la tendance et me dire ce que tu aimerais.

— Je veux une surprise ! gloussa Nan. Quelque chose qui me rendrait très heureuse.

— Quelque chose qui te rendrait très heureuse…, répéta Doreen en pleine confusion. Qu'est-

ce que ça pourrait être ?

Un autre silence se fit puis Nan ajouta :

— Tu dois vraiment réfléchir à cela, ma chérie.

Et là-dessus, Nan mit fin à l'appel. Doreen se remettait toujours de cette révélation lorsque

Nan la rappela.

— Au fait, si tu penses toujours à cuisiner, des biscuits sablés devraient faire l'affaire. On les

adore ici.

Et elle mit de nouveau fin à l'appel.

Parce que Nan et les autres résidents aimaient ces biscuits, Doreen se demanda si cela voulait dire qu'elle était censée en faire ou si cela signifiait qu'ils en recevraient de la cuisinière de Rosemoor et par conséquent, qu'elle n'avait pas à s'en inquiéter. Parfois, Nan était incroyablement déroutante. Doreen l'aimait de tout son cœur, mais à d'autres moments, le comportement de Nan n'avait absolument aucun sens.

Doreen songea à la conversation, cherchant sur son téléphone ce que contenaient les biscuits sablés. Quand elle vit la quantité de beurre requise, elle haussa les sourcils. Voilà qui était intéressant. De la fécule de maïs aussi. Elle se dirigea vers les placards pour vérifier ce qu'elle avait, sachant que même si elle en possédait, elle n'avait probablement pas toute la quantité nécessaire ni chaque ingrédient. De plus, combien de biscuits devrait-elle faire ? Et pouvait-elle en donner à Mack pour Noël ? Est-ce que ça irait ? Elle était censée avoir une rentrée d'argent alors peut-être devrait-elle lui acheter un truc… Cependant, elle n'avait aucune idée de ce qui pourrait lui convenir.

Au moins, faire des biscuits prouvait qu'elle faisait des efforts pour que les choses marchent et qu'elle se débrouillait seule même si ça semblait ne pas suffire. Elle était méticuleuse quand il fallait déceler et enquêter, mais des cadeaux de Noël ? Elle se demandait comment ce sujet avait pu échapper à son attention jusqu'à présent. Peut-être était-ce dû au fait que son époux ne lui avait jamais acheté de cadeau de Noël.

En y réfléchissant, c'était probablement surtout parce qu'il ne voulait pas dépenser d'argent. Tous les cadeaux qu'il lui avait offerts avaient généralement résulté d'une quelconque transaction commerciale et de toute manière, elle n'avait jamais eu accès à ces cadeaux ; considérés comme des investissements, ils avaient été mis sous clé.

Cependant, elle n'avait pas encore fait le tri dans sa succession et puisque l'authentification était en cours, il faudrait un peu de temps avant que tout ne soit résolu. De toute façon, elle ne désirait absolument pas de ces vieux cadeaux de Mathew. Elle ne voulait même pas y penser. Mais elle devrait s'en occuper, peu importait la force avec laquelle elle voulait les ignorer. Ignorer n'avait fonctionné que jusqu'à récemment et quand le frère de Mack était de la partie, il ne lui permettait pas davantage d'ignorer tout ça. Il voulait uniquement s'occuper des problèmes du moment avant que ces derniers ne deviennent trop grands. Comme elle l'avait découvert depuis peu, certains de ces problèmes étaient déjà conséquents.

Elle vérifiait la présence d'ingrédients pour des biscuits sablés dans ses placards lorsque son téléphone retentit, et elle pesta quand elle vit de qui il s'agissait.

— Hé ! dit-elle à Nick.

— Hé, répondit-il, un sourire dans la voix. J'essaie de ne pas le prendre personnellement mais tu n'as jamais l'air très heureuse quand je t'appelle.

— Ce n'est pas ça, expliqua-t-elle. C'est juste que tu apportes toujours des problématiques que je dois gérer, et justement parce que c'est moi qui dois les gérer, ça ne les rend pas faciles.

— Évidemment que non. Mais la bonne nouvelle, c'est qu'en t'en occupant, on les retire de l'équation. De façon permanente.

Doreen s'illumina alors.

— Tu veux dire qu'elles auront toutes une fin ?

Nick ricana.

— Absolument. Il y aura sans aucun doute une fin à tout ça.

— Je suis ravie d'entendre ça, mais quelque chose me dit que ce n'est pas pour cela que tu

m'appelles aujourd'hui.

— Non, j'ai encore des papiers à te transmettre. Et ces maisons sont remplies de matériel.

— Qu'entends-tu par « matériel » ?

Son esprit visualisait des murs en plâtre, des vêtements ou tout autre chose insensée dont son

mari aurait pu tirer profit.

— Pas ce à quoi tu penses, je me doute, mais elles en sont remplies.

— Ce qui veut dire ? questionna Doreen avec précaution.

— Ce qui veut dire du mobilier.

— Oh, marmonna-t-elle, soucieuse. Que suis-je censée faire de ça dans ce cas ?

— C'est ce que je te demande, répondit Nick. Si tu désires toujours vendre ces maisons, veux-tu les vendre meublées ou vides ?

Doreen soupira.

— Je vois, mais ce n'est pas le problème du jour, si ?

— Non, ce n'est pas nécessairement le problème du jour, répliqua Nick, légèrement indigné. Mais c'est un problème que nous devons traiter. Doreen, n'aie pas peur de prendre des décisions. Il n'y a pas de bonne ou mauvaise réponse ici, c'est plutôt selon ta préférence.

— D'accord, rétorqua-t-elle, la mâchoire serrée.

Nick se mit à ricaner.

— Je n'imaginais vraiment pas que tu te montrerais si difficile à cette étape, confia-t-il, sur un ton amusé.

— Ce n'est pas que je me montre difficile. Mais si ce n'est pas un truc que je dois gérer tout de suite, alors… tu vois.

— Alors… qu'est-ce qui est si important maintenant dans ta vie pour que ce soit une lutte de

répondre à quelques questions et m'aider à essayer de comprendre ce que tu veux faire de toutes ces affaires ? Tu dois t'en occuper, Doreen, et tu dois le faire bientôt.

Elle y réfléchit un moment et demanda ensuite :

— Que devrais-je trouver pour ton frère pour Noël ?

Le plus doux des rires se glissa par le téléphone.

— Intéressant, murmura-t-il.

— Qu'est-ce qui est intéressant ? grommela-t-elle, regardant le téléphone d'un air mauvais comme si elle avait lâché un gros secret et qu'elle était la seule à ne pas le comprendre.

— Tu t'inquiètes plus à propos du cadeau de Noël de Mack que tu ne le fais du mobilier valant des millions de dollars ?

Doreen hoqueta.

— Tu as bien dit des millions de dollars ?

— Vu le nombre de maisons qu'il possède et la quantité de mobilier avec lesquels il les a remplies, j'espère bien. Certaines comportent des peintures incroyablement chères.

— Oh, alors, nous pouvons mettre aux enchères des meubles et des œuvres, et nous connaissons déjà quelqu'un qui peut s'occuper de tout ça. Scott, chez *Christie's*. On les laisse embarquer ce qu'ils veulent pour les enchères et laisser le reste pour que la maison ait l'air habitée.

— Bien, ce n'est pas une mauvaise idée. Je peux engager

un agent immobilier du coin pour lui faire voir les propriétés de Mathew et me charger de Scott et ses employés. Une grande partie des acquisitions de Mathew a certainement une provenance et il apparaît qu'il s'agit de la collection d'art sur laquelle Mathew bossait.

— Je crois qu'il en collectionnait quand je vivais là, dit Doreen, tâchant d'avoir l'air professionnelle, mais cela lui déplaisait. Je n'ai jamais vraiment connu les artistes, mais peut-être que certains sont des Picasso et des Rembrandt.

Nick siffla.

— Tu vois ? J'ai besoin que tu me donnes ce genre d'infos. Je creuserai un peu plus dans cette histoire de collection, car si c'est le cas… ça ajoute des millions.

— Oh… Est-ce que ça sous-entend des millions de questions et de réponses en plus ?

Elle pouvait presque le voir secouer la tête à l'autre bout du fil.

— Tu te fiches vraiment de l'argent, n'est-ce pas ?

— Je m'intéresse à l'argent tant que j'en ai assez pour m'en sortir, expliqua-t-elle. Je m'en fiche quand il s'agit d'acheter des peintures visiblement de grande valeur que je n'aime pas particulièrement.

— Tu saurais me dire ce que tu aimes ? demanda-t-il, curieux.

— Non, mais je n'ai pas eu l'occasion d'en voir beaucoup en matière d'art.

— Et pourtant tu as vécu avec quelques-unes de ces pièces.

— En quelque sorte, mais elles étaient toutes gardées dans de jolies chambres thermorégulées et si j'y entrais, Mathew veillait constamment. Alors ce n'est pas comme si j'avais eu la chance de vraiment voir grand-chose.

— D'accord, dit Nick avec une pointe d'humour. Tu veux garder quelque chose ? Nous avons trouvé un tas de bijoux dans sa résidence principale.

— Oh, super, grommela-t-elle. Je suis censée m'occuper de ça ?

— Non, tu n'as pas à t'en occuper. Mais si ça t'intéresse vraiment, c'est le moment de parler, qu'on puisse mettre de côté ce que tu veux garder et ce que tu veux mettre en vente aux enchères.

— Je crois que je me moque de tout ça. Si ce sont des objets qu'il m'a donnés, je n'aurais pas eu le droit de les avoir de toute manière.

— Comment ça ?

— Ils devaient être constamment conservés dans un coffre. Mathew exigeait que tout soit sous clé, tout le temps, alors quel est l'intérêt d'avoir des bijoux que je ne pouvais même pas porter ?

Elle estimait qu'il s'agissait là d'une question sensée.

Nick se mit à rire.

— Je ne te contredirai pas à ce sujet, mais ta réponse est vraiment inhabituelle.

Donc Doreen supposa qu'il n'était pas d'accord avec elle.

— Je suis absolument inhabituelle ! dit-elle avec colère. Mais je n'arrive pas à savoir si tu insinues que c'est bien ou mal...

— Ni l'un ni l'autre, indiqua Nick. Je te dis juste que c'est à toi de faire ce que tu veux avec ces choses-là. Si tu ne veux rien avoir à faire avec à cause de mauvais souvenirs ou peu importe la raison, je serai plus que ravi de t'aider à te débarrasser de tout.

— J'adorerais me débarrasser de tout, déclara-t-elle. Peut-être devrais-je jeter un œil à ce qu'il y a avant de faire une telle affirmation, mais j'imagine mal quoi que ce soit ayant une signification pour moi. Oh, excepté ce collier que Nan m'a donné à un moment et que Mathew a insisté pour que je m'en débarrasse au lieu de le porter car il n'était pas assez bien, selon lui.

— Quel mec *sympa*, railla Nick.

— Du tout, mais s'il se trouve répertorié dans l'inventaire de sa succession, j'aimerais

l'avoir. C'était le collier de la grand-mère de Nan.

— Ah, donc un objet de famille. Bon, tu ne veux rien garder, mais tu ne prendras pas de décision définitive tant que nous n'aurons pas la liste de cette succession, c'est bien ça ? Ou peut-être devrions-nous faire un saut là-bas en personne. Pour t'aider à y voir clair sur ce qu'il y a.

— Je m'interrogeais là-dessus, mais je voudrais que Mack soit aussi présent. Tu es d'accord

avec ça ?

— Je le suis, mais peut-être devrions-nous demander à un agent immobilier de filmer le contenu, comme ça, nous n'aurons pas à coordonner nos plannings tous les trois, suggéra Nick.

— Ouais, j'aime bien cette idée.

— Bien. J'organiserai ça pour chacune de ses maisons. Et aussi, un peu d'argent sera déposé

sur ton compte en banque aujourd'hui, si tu dois acheter un de ces cadeaux de Noël avec…

— Oh…

— Okay, ça n'a pas l'air positif…

— Je ne sais pas quoi faire concernant les cadeaux de Noël, admit-elle en soupirant. C'est un

truc que nous n'avons jamais fait, alors je n'avais pas vraiment ça en tête.

— Mathew ne te faisait pas de cadeaux de Noël ?

— Non, il me disait que Noël était bidon et trop commercial et que personne ne devrait dépenser de l'argent selon une date du calendrier. Que ce n'était qu'une manœuvre commerciale, une cause perdue.

— Je ne contredirai pas le côté commercial car c'est vrai. Cependant, ça peut aussi être un moment merveilleux pour montrer aux gens qu'on les aime, lui rappela-t-il gentiment.

— Oh…

Là, il se remit à rire.

— Et tu dois simplement régler ça sans te causer encore davantage de stress car cela contrarierait complètement Mack. Alors, que veux-tu lui offrir ou que penses-tu qu'il aimerait ?

— Je n'en ai aucune idée, dit-elle, impuissante.

— Mais si, tu le sais, l'encouragea Nick. Tu le sais parfaitement. Ne pense pas à l'argent ou aux besoins. Pense juste à quelque chose qu'il pourrait aimer.

Et là-dessus, il raccrocha.

Chapitre 4

Doreen foudroyait son téléphone du regard, se demandant comment ils pouvaient tous avoir une façon si particulièrement utile de voir les choses tandis qu'elle avait l'impression de n'avoir absolument aucune idée, sur rien. Elle s'était rendue à l'extérieur pour parler avec Nick, errant dans son jardin tout en discutant de la succession de Mathew. Il faisait si froid dehors qu'elle était désormais glacée.

Proférant quelques jurons à voix basse, elle entra dans sa cuisine et mit la théière en route. Avec Mack, ils n'avaient pas mentionné de s'échanger des cadeaux de Noël, alors peut-être ne fallait-il pas en faire tout un plat. Il serait difficile d'imaginer ce qu'elle pourrait faire qui ne serait pas considéré comme bon marché, surtout maintenant qu'elle était supposée avoir de l'argent. Elle avait effectivement la possibilité d'acheter des choses, mais elle ne pensait pas que c'est ce qui intéresserait Mack. Là encore, peut-être qu'elle avait tort. Peut-être qu'il ne s'en fichait pas.

Elle émit un grognement plaintif puis eut une idée. Son époux avait conservé une collection de montres, alors peut-être que ce serait une piste à envisager. Mais elle ne savait pas si elle pouvait seulement y avoir accès. Son mari ne les avait même pas portées ; pour lui, il s'agissait plus d'un investissement. Elle se souvint d'une conversation, lorsqu'il lui avait raconté avoir dépensé une somme astronomique pour l'une d'elles et elle ne s'était jamais doutée qu'une montre pouvait coûter un prix pareil.

Quand elle s'était retrouvée soudainement célibataire, elle avait songé à se procurer une montre afin d'amener de l'ordre dans sa nouvelle vie indépendante. Mais elle avait immédiatement rejeté cette idée à cause du coût escompté. Elle n'avait pas mis longtemps à découvrir que si certaines montres étaient absolument onéreuses, d'autres affichaient un prix ridicule. En tout cas, selon elle, car elle était si fauchée à cette époque ! Toutefois, aujourd'hui, elle pouvait voir que pour certaines personnes, c'était sans doute un investissement majeur et un moyen de collectionner. Elle n'avait simplement pas compris l'intérêt d'un tas de choses dans sa vie.

Elle secoua la tête, debout dans sa cuisine, et réalisa qu'elle ne disposait pas de tous les ingrédients nécessaires pour faire des sablés. En examinant plus attentivement la recette pour savoir ce qu'il fallait, elle estima que ce ne serait pas trop difficile à réaliser. Elle se demanda si des biscuits faits maison conviendraient à Mack car cela prouverait un énorme progrès de sa part. Elle décida de se rendre à l'épicerie sans toutefois prendre les animaux avec elle.

Intellectuellement parlant, il était logique qu'elle ne puisse pas les emmener parmi les denrées alimentaires. Elle rit en imaginant Thaddeus dans l'épicerie alors qu'elle s'approcherait des légumes frais. Il volerait dans tous les sens, essayant d'avoir des petits bouts gratuitement. Goliath n'apprécierait pas la foule. Mugs se ferait des amis et interromprait son idée de faire une rapide virée shopping. De plus, il y aurait inévitablement ce genre de gens qui s'approchaient d'elle pour s'exclamer : « Vous êtes Doreen. La fille aux *cold cases*, avec tous ses animaux ! »

Elle soupira et décida finalement de ne pas emmener les animaux. Juste au moment où elle allait monter dans son véhicule, son téléphone sonna. Doreen vérifia l'écran.

— Salut, Wendy ! Je n'ai pas eu de tes nouvelles depuis un moment.

— Je n'avais pas vraiment de raisons de t'appeler et je ne dis pas ça méchamment, confia

Wendy. Mais juste au cas où tu aurais besoin d'un peu d'argent pour Noël, j'ai un chèque pour toi.

— Un chèque ? répéta Doreen, victime d'un trou de mémoire.

— Oui, la dernière partie des vêtements et objets de la maison a été vendue.

— Oh ! répondit Doreen, ravie. Je ne dirais jamais non à ça.

— Je ne m'attendais pas à ce que tu le fasses, plaisanta Wendy. Alors tu peux passer par ici et venir le chercher quand tu veux.

— Je me rends à l'épicerie, alors je peux faire un saut par ton magasin avant.

— Parfait. Si tu le souhaites, je peux convertir le chèque en espèces et tu pourras les utiliser pour faire tes courses aujourd'hui.

— J'adorerais ! répondit Doreen.

La fille financièrement démunie en elle calculait déjà combien cela représenterait pour les courses.

Elle savait que cette mentalité était désormais stupide mais après avoir été fauchée comme elle l'avait été cette année, elle ne parvenait pas à abandonner ces idées si facilement. Elle ne savait même pas combien d'argent Nick avait déposé sur son compte ni même à combien s'élevait son solde avant ça. Alors elle verrait cela plus tard.

Doreen prit la route et descendit jusqu'à la boutique de Wendy, fit durer sa visite quelques minutes et, en ressortant, Wendy lui demanda :

— Tu as des choses prévues pour Noël ?

— Oui et non. Nous n'en avons pas vraiment discuté avec Mack et je suis bien en peine pour lui trouver quelque chose pour Noël.

— Ah, réagit Wendy en hochant la tête. Ouais, parfois, ce n'est pas facile. Il aime un truc en particulier ?

Doreen haussa les épaules.

— Il adore cuisiner et manger et apprécie vraiment son café. Il n'a pas le temps pour des loisirs. Nous aimons jardiner et il est vraiment doué pour construire un patio, mais je ne sais pas s'il manque d'outils. Je ne serais pas la bonne personne pour lui acheter ce genre d'objets.

Cela amusa Wendy.

— Je comprends. Mais tu serais surprise des choses que les gens peuvent inventer. Peut-être

un livre qu'il voudrait particulièrement ou un autre truc du genre.

— Peut-être, dit Doreen, affichant son ignorance. Je dois encore y réfléchir davantage.

— Ce ne doit pas nécessairement être neuf, tu sais ? Ce pourrait être un truc que tu aurais fait

qui serait bien plus apprécié…

— Oui, mais je n'ai tout bonnement aucun don, répondit Doreen en faisant la moue.

— Tu as bien plus de dons que tu ne le penses et tu les

as utilisés à bon escient en aidant cette ville, lui fit remarquer Wendy.

Doreen rit à cette remarque.

— Ma grand-mère est déterminée à m'organiser une fête de remerciement la semaine prochaine, confia-t-elle.

— Je sais ! s'exclama Wendy avec un sourire radieux. J'ai reçu une invitation.

— Vraiment ? s'étonna Doreen, dardant à Wendy un regard ravi. Je n'avais pas compris que Nan invitait des gens.

— Oh la la, je crois qu'elle invite la moitié de la ville ! Je serai là, déclara Wendy. Je ne manquerais pas ça. Nous avons tous une raison de te remercier.

— Oh, ce n'est pas ce que je veux, marmonna Doreen, horrifiée. Je voudrais simplement qu'on se passe de tout ça.

Wendy s'esclaffa.

— Tu pourrais, mais un tas de gens désirent être présents et te voir recevoir des remerciements pour tout ce que tu as fait pour nous.

— Oh punaise, grommela Doreen, le visage rougi par l'embarras.

Elle retourna à sa voiture, espérant réellement que la fête ne serait pas ce genre d'événements. Elle s'était toujours sentie mal à l'aise pour la personne qui se trouvait en première ligne, l'air de souffrir de toute cette attention.

C'était adorable de la part de Nan de faire ça, mais ce n'était pas du tout nécessaire. Ce n'était pas comme si Doreen avait fait tout ça pour la gloire ou pour que le projecteur soit sur elle. Tout le travail, tous ses efforts et tout ce qu'elle avait entrepris relevaient des enquêtes, aidant les familles des victimes à faire leurs deuils. Le fait que résoudre un *cold case* aidait également quelqu'un d'autre dans le même temps était juste un bonus.

Pestant à l'idée de tant de gens venant à la fête, Doreen se demanda si Nan avait besoin qu'elle participe financièrement. Dès qu'elle eut fait quelques courses, elle rentra chez elle et déchargea ses commissions. Puis elle appela Nan.

— Hé, est-ce que tu veux que je descende aujourd'hui ?

— Absolument ! répondit Nan.

— Tu as besoin d'argent pour pouvoir payer la fête ?

— Oh non, tout est sous contrôle. Rendez-vous dans dix minutes.

Chapitre 5

Rapidement, Doreen apprêta les animaux et s'emmitoufla, puis ils se rendirent tous les quatre dehors, direction Rosemoor. Elle grimaça en passant devant tous les endroits liés à des *cold cases* qui leur avaient donné du fil à retordre au fil du temps, mais tout le monde semblait se montrer bienveillant les uns envers les autres, maintenant au beau milieu des fêtes de fin d'année.

Une fois à Rosemoor, elle traversa l'entrée principale, plusieurs personnes s'exclamant pour la saluer avec ses animaux. Elle sourit et leur fit signe avant d'aller dans les appartements de Nan. Sur place, la porte s'ouvrit juste quand elle arriva.

— Ne lui dis pas maintenant, dit Richie en étreignant Nan avant de se tourner pour partir.

Doreen s'arrêta, scruta Nan avec suspicion puis Richie.

— Ne pas me dire quoi ?

Nan prit aussitôt un air innocent, ce qui la rendait incroyablement coupable.

— Nous ne parlions pas de toi, ma chérie, répondit Nan.

— Je ne veux pas non plus que tu manipules le personnel pour organiser cette fête.

— Je ne ferais pas ça ! prétexta-t-elle, regardant sa petite-fille avec un air choqué.

Et pourtant, Doreen savait déjà *parfaitement* à quel point Nan se mêlait facilement de ce genre de choses.

— Tu peux dire ça, dit-elle en secouant la tête, mais je te connais bien.

Nan arbora un large sourire et hocha la tête.

— N'est-ce pas chouette, ça ? dit Nan en ouvrant les bras, réclamant un câlin. Cela rend ma vie tellement plus facile.

Doreen se baissa pour l'enlacer mais laissa tout de même échapper un soupir.

— Qu'est-ce que tu manigances ?

— Nous ne manigançons rien ! déclara Nan.

Doreen donna un petit coup de coude à Richie, espérant lui faire sortir les vers du nez, mais il n'en avait aucun.

— Bonjour et au revoir, dit-il, avant de s'en aller précipitamment.

Doreen regardait sa grand-mère, les sourcils froncés, mais celle-ci agita la main.

— Ça va, mon enfant. Tout va parfaitement bien. De plus, c'est la saison des secrets.

Elle passa ensuite quelques minutes à se lover contre les animaux, un par un.

— Tant que tu n'interfères pas dans quelque chose que tu ne devrais pas, dit Doreen

en plissant les yeux.

— Bien sûr que non. Je ne ferais *jamais* ça, protesta innocemment Nan.

Quand même, il était difficile d'enlever toute suspicion des pensées de Doreen, tandis qu'elle prenait place pour discuter du programme de la fête avec Nan. Il y avait quelque chose de si évasif et roublard chez sa grand-mère aujourd'hui que Doreen ne parvenait pas vraiment à se détendre. Actuellement, toutes deux collaient des rubans de velours rouge sur les guirlandes de branches de pin. Ses animaux se comportaient superbement bien aujourd'hui. Thaddeus était calmement installé sur son épaule. Mugs dormait sur le sol aux pieds de Nan, pendant que Goliath était étendu sur la table à manger, sa queue se balançant occasionnellement sur les guirlandes et les rubans.

Quand elles eurent terminé leur petit atelier, Doreen demanda à Nan :

— Vous êtes vraiment sûrs de ne pas avoir besoin d'une aide financière pour ça ?

— Bien sûr que non, dit Nan, la regardant de travers. Tout va bien pour nous. Rosemoor dispose d'un budget pour la décoration de Noël. Nous avons simplement ajouté quelques touches ici et là.

— Vous allez tous peut-être bien, marmonna une Doreen frustrée, mais pas moi. Tout ce que

tu fais, c'est me rappeler que je n'ai rien pour Mack, se confia-t-elle.

— Je te l'ai dit, fais-lui des sablés, ma chérie. Ça le rendra heureux, dit-elle, avec un geste de

la main désinvolte.

— Je viens d'acheter les ingrédients.

Là, Nan se tourna et regarda Doreen, ravie. Doreen haussa simplement les épaules.

— Je me suis dit que je devais au moins essayer de faire moi-même des pâtisseries de Noël.

— Oui, tu devrais vraiment essayer ! s'exclama Nan, mais fais-le, plutôt qu'essayer. Tu dois réussir, sermonna-t-elle cette fois Doreen. Tout est une question d'attitude.

Doreen sourit. Sa grand-mère lui ferait la leçon jusqu'au bout et en savourerait chaque minute. Pendant ce temps, pour Doreen, c'était un peu dur de se rendre compte à quel point elle pouvait parfois dérailler, mais elle faisait confiance à Nan pour la remettre sur le bon rail.

— Je ne pensais pas agir aussi mal, protesta-t-elle.

— Non, mais quand tu apprends quelque chose de nouveau, tu dois persévérer, continuer d'user de tes compétences afin que cela devienne un domaine sur lequel tu peux compter, expliqua Nan. Tu ne peux donc pas faire la cuisine seulement aujourd'hui et ne plus jamais recommencer. Il faut absolument que ce soit un processus en continu.

— Possible, répondit Doreen. Mais ça reste une compétence qui n'est pas facile pour moi.

— Je ne suis pas certaine que les compétences soient censées s'acquérir facilement, précisa Nan, en jetant un coup d'œil à sa petite-fille. Les talents naturels, oui, mais les compétences ? Ce sont apparemment des choses totalement différentes.

— Possible, répéta Doreen en marmonnant. Ça me semble encore un peu inaccessible, toutefois.

Nan s'en amusa.

— Inaccessible, ce n'est pas une mauvaise chose, fit-elle remarquer. En fait, inaccessible est

souvent positif. Tu dois simplement accepter que ce que tu considères comme bien et ce que quelqu'un d'autre pourrait juger bien peuvent être deux choses complètement différentes.

Doreen n'était pas là pour débattre avec Nan et à ce

stade, cela avait l'air d'être un sujet controversé de toute manière.

— Je tenterai les sablés, demain peut-être, confia Doreen. Il faut dire que je n'ai rien d'autre à faire.

Nan fronça les sourcils, regardant Doreen avec inquiétude.

— Je vais bien, la rassura Doreen avant de pousser un soupir. Ça fait juste un moment que je

n'ai pas eu d'enquête et je deviens un peu folle.

— Nous devrions nous en réjouir. Nous ne voulons pas constamment de ce genre de problèmes.

— Évidemment que non, concéda Doreen. Je me demande juste si je devrais faire du volontariat ailleurs…

— Tu peux toujours aider à la banque alimentaire et servir le dîner de Noël.

— Mais cela m'occuperait seulement ce mois-ci. De plus, je veux d'abord en parler avec Mack. Je ne sais pas s'il a des choses prévues et je ne veux pas les saborder en ne vérifiant pas d'abord avec lui.

— Oh, comme j'aime entendre ça ! s'exclama Nan, les yeux emplis de bonheur. Tu apprends.

Doreen fit la moue.

— Maintenant, si seulement je pouvais en apprendre dans le domaine des cadeaux. Je ne suis

sûrement pas tant hors jeu au point d'ignorer ce que Mack aimerait, grommela-t-elle. Même si je dois dire que tu m'as un peu inquiétée.

— Oh, ma chérie, dit Nan, soucieuse. Je ne voulais pas t'effrayer ou te contrarier. Ton mari

n'était vraiment pas un homme bon. Je sais que nous ne devrions pas dire du mal des morts, mais il t'a vraiment joué un sale tour.

Doreen secoua la tête.

— Tu n'as rien fait d'autre que dire du mal de lui de toute manière, alors le fait qu'il soit mort ne fait pas une grande différence.

— Je ne veux simplement pas que tu fasses quelque chose qui te ferait perdre Mack.

— Qui me ferait perdre Mack ? répéta Doreen, regardant fixement Nan. Tu penses vraiment que je ferais une chose aussi extrême ?

— Non, je ne pense pas du tout ça, répondit Nan en tapotant la main de Doreen. Cependant,

j'ai vécu un petit plus longtemps que toi et je sais qu'il est relativement facile de faire le mauvais choix. Ce n'est pas un événement unique. C'est une relation. Pile au moment où tu croyais que les choses se déroulaient bien et étaient en ordre, tu réalises que tu n'as pas réglé une chose majeure et soudain, une question importante dont tu n'avais pas soupçonné l'existence apparaît.

Après avoir confié ce discours alambiqué, Nan fit un sourire à Doreen.

— Mais assez parlé de ça, nous avons du travail !

Et Nan désigna la liste incroyable de tâches, tout ce qui devait être fait pour la fête. Doreen la

dévisagea.

— Tu vas faire tout ça, toute seule ? lui demanda-t-elle, choquée.

— Non, évidemment que non, répondit Nan en faisant un nouveau geste dramatique de la main. Nous avons un tas de volontaires. Mais il n'en reste pas moins que nous n'avons pas envie que trop de gens participent, car ils pourraient tout faire capoter. Alors nous devons garder l'œil ouvert.

— D'accord, dit Doreen, secouant la tête. Quand tu as

mentionné que ça se passerait ici, au centre, je m'étais dit que la direction était d'accord pour ça.

— Ah, mais oui, elle l'est, déclara Nan, observant Doreen d'un air renfrogné. Et oui, nous leur en avons bel et bien parlé.

— Tu es certaine ?

Nan rit.

— Évidemment que nous l'avons fait. La dernière chose qu'on souhaite est de mal agir à ce stade et d'avoir contrarié la direction pour ne pas l'avoir incluse dans nos plans.

— Ouais, ça ne se passerait pas bien, n'est-ce pas ? s'enquit Doreen, les yeux fixés sur Nan. Et tu es certaine de ne rien manigancer ?

Nan lui fit ce regard grandement innocent mais avec un soupçon de culpabilité avant de lui demander :

— Oh, ma chérie, dans quoi aurions-nous pu nous lancer ?

— Je ne sais pas, admit Doreen, les yeux plissés. Le fait que tu sois ne serait-ce qu'impliquée m'inquiète.

Nan gloussa.

— Confiance, mon enfant. Tu as juste besoin de faire un peu plus confiance.

— *En effet*, grommela Doreen, regardant fixement sa grand-mère. Je pourrais avoir besoin de
faire *plus* confiance… beaucoup plus.

— Tu ferais mieux d'y remédier alors. Je n'ai pas le temps pour ça en ce moment.

— *Parfait*, marmonna Doreen, peu certaine de ce dans quoi elle se lançait elle-même.

— Joins-toi à nous maintenant, dit Nan avec dédain. Tu dois trouver du gui.

— Comment ça ?

Nan fronça les sourcils, secouant la tête.

— Tu as entendu parler de l'accident du semi-remorque, n'est-ce pas ?

— Non, pas du tout.

— Oh, réagit Nan en lui souriant faiblement. Mack t'a vraiment tenue éloignée de celle-là,

hein ?

Doreen dévisagea Nan, ébahie.

— Jusqu'à présent, j'ignorais qu'il essayait de me tenir éloignée de quoi que ce soit, mais tu

ne m'aides pas en me donnant des explications des plus rudimentaires.

— Je ne veux vraiment pas trop m'en mêler… Cela ne ferait pas plaisir à Mack.

— Comme si ça ne te dérangeait pas, commenta sarcastiquement Doreen.

— Bien sûr que ça me dérangerait ! C'est un homme très spécial, après tout. Et je ne voudrais pas que nous fassions quoi que ce soit qui gâche ses plans.

— Oh bonté divine, soupira Doreen, sans quitter sa grand-mère des yeux. Pitié, reste en dehors de la vie de Mack, Nan.

— J'aimerais beaucoup, dit Nan, de ce même ton décontracté mais de mauvais augure qu'elle utilisait tout le temps… comme lorsqu'elle voulait quelque chose. Je veux dire, ce serait tellement plus facile si les gens faisaient attention et faisaient ce qu'ils étaient censés faire.

— Oh la la… Nan, pitié, pitié, laisse Mack tranquille.

Nan secoua de nouveau la tête.

— Je n'ai aucune intention de me mêler de ce que fait Mack.

Et là, Nan éclata de rire.

Doreen se sentait encore plus mal devant l'allégresse de sa grand-mère. Elle ne savait pas comment faire en sorte que Nan ne se mêle pas de la vie de Mack. La dernière chose dont Mack avait besoin était que sa grand-mère interfère, surtout s'il était sur une enquête.

— Et tu sais aussi que je ne suis pas autorisée moi-même à me mêler d'une quelconque affaire qui ne soit pas liée à un *cold case*…

— En effet, confirma Nan. Car nous aurons un problème, n'est-ce pas ?

— Je ne sais pas du tout si nous aurons un problème, dit Doreen, secouant la tête à la question de Nan. Je ne vois pas ce qui pourrait être un problème.

— Tant mieux, dit Nan avec un grand sourire. Nous n'avons absolument pas besoin de problèmes à ce stade.

— Tu tournes autour du pot, rouspéta Doreen. Je t'en prie, si tu as quelque chose à dire sur ce qu'il peut se passer, je t'écoute.

— Je ne peux pas, ma chérie. C'est Noël et Noël comporte bien des secrets.

— Oh mon Dieu. Je devrais m'excuser auprès de Mack parce que tu te mêles de sa vie, c'est

ça ?

— Je ne sais pas…, répondit Nan, la regardant avec ses grands yeux bleu éclatants, presque

rieurs. Tu le feras ?

Doreen ronchonna.

— Ouais… je le ferai. Alors je ferais aussi bien de prendre de l'avance car je ne peux t'arrêter dans ce délire dans lequel tu t'es lancée.

— Ce n'est pas un délire, la contredit Nan. C'est juste que parfois… les gens ont besoin d'un peu d'aide. C'est tout.

— D'accord, et tu penses que Mack a besoin d'aide ? N'oublie pas que si tu me causes des problèmes concernant l'une de ses enquêtes en cours, je ne serai plus autorisée à bosser sur des *cold cases*.

Elle détestait l'admettre, mais cela ruinerait complètement ses divertissements au quotidien.

— Non, non, bien sûr que non, dit Nan, stupéfaite devant Doreen. Il ne faudrait pas que cela

arrive. Nous nous amusons autant que toi avec ces enquêtes.

— Bien, dit Doreen, réalisant qu'il s'agissait au moins là de la vérité de la part de Nan. Bon,

tu ne feras rien pour gâcher ça ?

— Non, évidemment que non, répondit Nan, un sourire radieux aux lèvres.

Trop radieux. Quelque part, Doreen ne se sentait pas mieux. Elle afficha une moue renfrognée quand Nan lui tapota la main.

— Pars donc en quête de ce gui, lui dit Nan. Il faut qu'on en ait et ce n'est pas négociable.

— C'est un foyer pour vieilles personnes, Nan. Ce n'est pas comme si tout le monde s'embrassait de toute manière, commenta Doreen, levant les yeux au ciel.

Nan regarda sa petite-fille avec un air mécontent.

— J'espère que nous nous embrasserons tous pour le restant de nos vies. N'oublie pas, Doreen.

L'amour ne meurt jamais, peu importe ton âge, mon enfant.

— Cela veut dire que Ritchie et toi êtes toujours en couple ?

— Occupe-toi de tes affaires, ma chérie.

Doreen ne savait pas quoi répondre à ça, mais elle n'avait

vraiment pas envie d'imaginer cet endroit rempli de gens se roulant des pelles à Noël ou à toute autre période, ça, c'était certain.

— Bien. Que veux-tu que je fasse ?

— Trouve du gui pour la fête de Rosemoor. Et peut-être un brin pour ta propre maison, non ? Allez, va t'occuper, dit Nan, se levant pour la chasser. Tu dois prendre soin de toi. Peut-être changer de coupe de cheveux. Et je ne sais pas… te faire masser ou autre, suggéra-t-elle, optimiste.

Doreen la dévisagea avant de secouer la tête.

— *Non*, ça ira.

— Oh, d'accord. Et tes cheveux ?

— Mes cheveux sont bien, répondit Doreen, regardant Nan bizarrement, à moins que tu sois

en train d'essayer de me dire quelque chose…

— Non, ma chérie, je ne ferais jamais ça.

— Si, tu le ferais, répondit Doreen, soupirant. Je crois que je n'aimerai pas trop les fêtes de

Noël si on me porte autant d'attention, à m'apprendre comment me comporter comme les autres.

Nan se mit à rire.

— Contente-toi d'être toi et tu adoreras, dit-elle chaleu-reusement. Tu dois t'autoriser à t'ouvrir un peu et profiter.

Et comme si cela ne suffisait pas à la mettre sur les nerfs, ces paroles supplémentaires horrifièrent Doreen et lui donnaient envie de reculer.

— Bien entendu, cela dépend aussi de Mack, tu sais ?

— Et si on laissait Mack en dehors de ça ? Ne l'enquiquine pas, Nan. Si tu as besoin de quoi que ce soit, dis-le-moi et je m'en chargerai.

— Oui, oui, oui, je le ferai, répliqua Nan avec ce même air innocent et pourtant horriblement coupable.

Le rire décelable dans son expression suffisait à Doreen pour faire monter sa tension. Ce que Nan remarqua immédiatement.

— Toi, ma chérie, tu as besoin d'un peu de repos. Rentre chez toi, détends-toi, fais tes sablés

et manges-en quelques-uns, suggéra Nan avec un sourire épanoui. Il n'y a aucun intérêt à cuisiner si tu ne profites pas du produit fini. C'est la moitié du plaisir.

— Je lutte pour manger ce que je cuisine, comme si j'avais un peu peur de m'empoisonner.

Perplexe, Nan regarda attentivement Doreen avant de partir dans des éclats de rire joyeux.

— J'aime tellement tes visites, dit-elle avec un grand sourire. Alors je déteste te dire ça, mais

tu dois t'en aller.

Nan s'exprimait très clairement. Après une autre référence aux surprises de Noël et tout ça, Doreen et ses animaux furent poussés sans cérémonie vers la sortie de l'appartement de Nan.

Elle n'avait même pas offert à Doreen de thé ou de quoi grignoter, ni à ses animaux. Même leurs câlins avaient été réduits au minimum. Sa grand-mère était vraiment absorbée, peu importait dans quoi, et ce serait certainement intéressant d'en apprendre plus à ce sujet. Le point positif, c'était que sa grand-mère était également engagée à fond dans le planning de la fête et s'amusait beaucoup, et Doreen ne lui enlèverait jamais ça. De tous les gens qu'elle avait rencontrés, Nan montrait qu'elle appréciait la retraite et qu'elle tirait avantage de toutes les activités que Rosemoor avait à proposer.

À plus de quatre-vingts ans, savait-on comment mener son existence ? Les rêves devenaient-ils réalité ? La retraite rendait-elle la vie plus authentique ? Doreen l'ignorait, mais il était clair que Nan profitait pleinement de chaque instant, peu importait son âge. En effet, à Rosemoor, l'existence de Nan semblait avoir pris un nouvel élan et elle n'avait aucunement l'intention d'y renoncer de sitôt.

Avec la recette de biscuits sablés dans sa ligne de mire, Doreen et ses animaux rentrèrent chez eux.

Chapitre 6

QUAND MACK FIT un saut en fin de journée, Doreen l'accueillit à la porte avec un biscuit. Il leva un seul sourcil et ouvrit la bouche. Elle y déposa un morceau qu'il mâcha, en affichant une grimace concentrée.

— Biscuit sablé ? s'enquit-il avec prudence.

Elle prit un air contrarié.

— Ça n'a pas le goût de biscuit sablé ? lui demanda-t-elle, dubitative. Je n'en ai jamais mangé, alors je l'ignore.

Il se contenta d'acquiescer puis de continuer de mâcher.

— D'accord, *super*, marmonna-t-elle. Je ne sais comment j'ai aussi réussi à foirer ça.

— Je ne sais pas si tu l'as foiré, mais tu as bien pigé que le biscuit sablé nécessite une main légère, n'est-ce pas ? Cela dit, ce biscuit a bon goût.

Elle lui lança un regard noir.

— Mais il n'est pas *super* bon, avec une main *pas* si légère.

— Je ne sais pas trop ce que tu as fait, mais les biscuits sablés doivent juste résulter d'un mélange rapide, d'un rapide coup de rouleau avant d'être mis rapidement au four.

— Hmm… Bon à savoir. J'ai acheté suffisamment

d'ingrédients, alors peut-être devrais-je réessayer.

Il la suivit jusqu'à la cuisine, chopa un autre sablé sur le comptoir et hocha la tête.

— Je dois prendre une autre bouchée pour être sûr.

Elle le toisa d'un air sévère.

— Si tu prends une autre bouchée, ce ne doit pas être si mauvais.

— Non, en effet, dit-il en ricanant. Ça a juste besoin d'un peu plus… d'entraînement.

— Comment ça se fait que tout ce que je fais a besoin de plus d'entraînement ? l'interrogea Doreen, une tristesse évidente dans la voix.

Mack se tourna et la regarda.

— Tu as vraiment eu une dure journée, hein ?

— Je ne devrais pas pourtant… Je veux dire, tout devrait bien se dérouler.

— Ça devrait, mais est-ce le cas ?

— Nan m'a demandé de trouver du gui, mais je n'y connais rien. Elle semble croire qu'il lui

en manque.

Les lèvres de Mack remuèrent.

— Je pense que tu pourrais découvrir que le gui manque plus dans la tête de Nan que n'importe où ailleurs, marmonna-t-il.

— Elle devrait savoir qu'une bouture de gui frais dure un mois et qu'il faut en avoir davantage chaque année, dit Doreen avant de se tourner vers Mack. Elle semble aussi croire que tu ne m'as rien dit concernant une enquête.

Il s'immobilisa alors qu'il était en train d'enfourner un troisième biscuit dans sa bouche, et ses yeux s'agrandirent.

— Oh, elle est au courant ?

— Ouais, dit-elle, l'étudiant minutieusement. Tu ne

ferais pas ça, n'est-ce pas ?

— Toi et moi savons à quel point nous aimons partager nos enquêtes. Nous savons également que je ne peux pas t'en dire trop sur une enquête en cours. Alors non, je ne cacherais pas délibérément une information concernant une *affaire*.

— Mais, dit-elle, ayant entendu la modulation dans sa formulation, il se trouve qu'il se passe

quelque chose dont je ne sais rien.

Mack lui sourit.

— C'est Noël, tu te souviens ?

— C'est exactement ce que Nan m'a dit ! s'écria Doreen, frustrée. Je ne sais pas si vous réalisez tous le peu que je sais sur la célébration de Noël, dit-elle, et quand Mack la regarda avec un air contrarié, elle haussa les épaules. Mathew ne voulait rien entendre et cela faisait très longtemps que je n'avais pas eu de famille. Nan ne m'oubliait pas et c'est toujours le cas, mais elle vivait également sa meilleure vie avec insouciance à ce moment-là, plutôt que de se concentrer sur sa petite-fille mariée. Alors, honnêtement, quand il est question de Noël, je ne sais vraiment pas ce qu'on en attend.

— On n'attend rien. Ce devrait juste être un moment sympa à célébrer. Les gens ont des traditions diverses, alors ça diffère un peu pour tout le monde, selon ce à quoi ils sont habitués.

— Et les cadeaux ? J'ignore tout.

— Si tu veux m'offrir quelque chose, alors libre à toi. Autrement, ça ne m'ennuie pas.

— Ouais, mais ça veut simplement dire que tu vas tourner les talons et me trouver quelque chose et alors, je me sentirai mal car je n'aurai rien pour rendre la pareille.

Quand Mack éclata de rire, elle hocha la tête.

— Mais j'ai raison, non ?

— Je ne sais pas, répondit-il en souriant. Je peux te dire tout de suite que je n'ai rien pour toi,

spécifiquement pour Noël, pour le moment.

— Mais tu auras quelque chose pour moi, fit-elle remarquer, ayant de nouveau saisi sa formulation.

— Oui, en effet, mais ce n'est pas pour te faire stresser. C'est à l'opposé de mon intention, dit-il, mais quand elle lui lança un regard mauvais, il sourit simplement. Honnêtement.

— Bien sûr, oui, *honnêtement*, marmonna-t-elle. On dirait que tout le monde est impliqué dans un truc dont je ne sais rien.

Mack s'adressa à elle :

— Toi, ma chérie, tu es au cœur de tout, comme toujours, lui confia-t-il. Alors peut-être que cette fois, tu peux juste prendre un peu de recul.

— Mais c'est quoi cette histoire de gui disparu ?

— Nous avons eu cet accident routier, tu te souviens ?

— Non, je ne me souviens pas. Tu ne m'as pas parlé d'un accident.

Mack réfléchit, perplexe.

— La nuit où nous étions assis au bord de la rivière.

— Non, tu n'as pas évoqué d'accident. Tu as dû partir et ça avait un rapport avec du gui, mais tu ne m'as pas dit ce que c'était, ni à ce moment ni même après.

— Okay, désolé. Il y avait un semi-remorque sur l'autoroute, transportant des poinsettias et un paquet de plantes de Noël et des fleurs. Franchement, c'est un peu tard pour qu'elles soient transportées par camion, mais c'était du surplus de Vancouver, notre récolte locale n'ayant pas survécu aux températures glaciales que nous avions eues plus tôt. Bref, le chauffeur a eu un sale accident et le chargement entier a été soit volé, soit perdu sur la route pour finir endommagé par les éléments, durant une autre des vagues de froid que nous avons connues. Alors toutes les plantes ont tout bonnement disparu.

— Oh, je vois… Alors il n'y a pas que le gui qui manque. C'est juste que la ville n'en a pas.

— Exactement. Donc tout à Kelowna a été relativement décimé et les gens se ruent pour obtenir des poinsettias et un paquet d'autres trucs dans les villes avoisinantes. Je ne peux pas dire que ce soit un sujet qui m'ait inquiété auparavant…

— D'accord…

— Tu te sens mieux ?

— Oui… c'est toujours difficile quand je me sens exclue d'un truc.

— Tu sais, ça fait simplement partie de Noël, dit-il en déposant un baiser sur son nez. Noël est bourré de secrets.

— Ouais, mais je n'aime pas les secrets ni les surprises, déclara Doreen.

Mack éclata de rire.

— Ça ne devrait pas avoir d'importance car en période de Noël, il se passe toutes sortes de choses qui ne sont pas nécessairement mauvaises même s'il s'agit de secrets ou de surprises, à moins que les gens exposent à l'avance la manière dont ils veulent fêter ça, comme les familles ou les personnes en couple, expliqua Mack, mais quand Doreen le regarda avec incrédulité, il secoua la tête. Tu sais, reprit-il, si ton ex-mari n'était pas déjà mort, je le frapperais maintenant jusqu'à ce qu'il tombe.

— Fais la queue, marmonna Doreen. Je pense pouvoir trouver suffisamment de raisons pour le faire moi-même. J'ai reparlé à ton frère.

— Bien. Il s'en sort avec la paperasse ?

— Ouais, toutefois, il a soulevé un autre paquet de problèmes, grommela-t-elle.

— Tels que ?

— Les maisons de Mathew étaient bien remplies, alors Nick m'a demandé ce que je voulais

faire de tous les meubles. Il a mentionné que parfois, il est plus facile de vendre les maisons si elles donnent l'impression d'être habitées.

— C'est absolument vrai. Ce n'est pas le principe du *staging* ? s'enquit-il en faisant un signe de tête. Laisse donc les meubles comme ils sont, jusqu'à ce que les maisons soient vendues, non ?

— C'est ce que j'ai suggéré, mais ensuite, Nick a parlé de peintures de valeur…

Alors qu'il lorgnait les biscuits, Mack se tourna lentement et Doreen ne put qu'en rire car il

semblait penser sérieusement que ce quatrième biscuit lui était dû.

— Tu vois que les biscuits ne sont pas *si* mauvais…

— Non, ils ne sont pas mauvais du tout. Il faut juste les mâcher un peu plus que ce à quoi je m'attendais, mais c'est tout. Ils ont un très bon goût.

— Les mâcher un peu plus, répéta Doreen. Bien, donc en d'autres termes : ils sont durs.

— Je ne sais pas trop comment ils devraient être, dit-il sur un ton d'excuse. Je n'avais jamais

mangé de sablés durs avant.

— Oui, eh bien, s'il y a un moyen pour que ça arrive, tu peux compter sur moi, marmonna-t-elle.

— Qu'entends-tu par « peintures de valeur » ? lui demanda-t-il en lui faisant face.

Doreen haussa les épaules.

— Mathew était collectionneur d'art.

— Évidemment qu'il l'était, soupira Mack.

Doreen approuva d'un hochement de tête.

— D'après ce que je sais, il en était vraiment fier.

— Et tu sais ce qu'il y a dans sa collection ?

— Non. Je n'ai jamais eu la permission de vraiment les regarder. Quand c'était le cas, je devais dire ce qu'il fallait. Autrement, il pouvait s'énerver car je ne disais jamais ce qu'il fallait. J'ai appris que c'était mieux de simplement éviter cette situation.

Les lèvres de Mack se tordirent.

— Je peux voir ça.

— Ouais, bon, bref. J'ai dit à Nick que nous contacterons sans doute les mêmes gens que pour les enchères et qu'on les vendrait.

— Oh, c'est une bonne idée. Au moins là-bas, tu as un contact de confiance avec qui tu peux

collaborer.

— C'est ce que je me suis dit, répondit Doreen en hochant la tête. Nick semble penser que ce n'est pas non plus une mauvaise idée.

— J'en suis sûr, lui dit Mack en souriant. Il est plutôt raisonnable quand il est question de ce

genre de choses, n'est-ce pas ?

— Je pense, oui. Bref, il contactera un agent immobilier pour lister tout ce qui se trouve dans

les maisons. En fait, il veut que celui-ci filme le contenu de toutes les maisons. De cette façon, nous n'aurons pas à nous y rendre et visiter chaque demeure nous-mêmes, avant de les vendre. Scott apprécierait également une vidéo, mais je suis certaine qu'il voudra envoyer quelqu'un là-bas en personne aussi. S'il veut que j'y sois, je pense que tu devrais m'accompagner, si tu peux obtenir une journée entière de congé pour faire ce genre de truc.

— Intéressant…, répondit Mack en touchant distraitement sa montre.

— Cette montre t'embête ? questionna-t-elle, remarquant sa peau irritée.

Il haussa les épaules.

— Le bracelet est usé. J'avais l'intention d'en acheter une nouvelle, mais je n'en ai pas encore eu l'occasion.

Elle mit cette information de côté, se demandant si elle devait essayer de chercher quelque chose dans la collection de son mari ou si ça mettrait tout bonnement Mack hors de lui. Elle semblait traverser un champ de mines ces jours-ci. Était-ce bien de donner à Mack une montre provenant de la collection de son défunt mari ? Ce même ex qui avait tenté de la tuer ? Elle en parlerait au frère de Mack et verrait si ça se faisait d'en offrir à quelqu'un d'autre ou si ce serait un acte si inapproprié que Mack en serait fâché.

— Bref, voilà ce que je peux te dire sur mon enquête du moment, reprit Mack en se rapprochant d'elle. Le gui dans ce camion est soit fichu, soit dérobé. Donc désormais, nous n'avons plus de gui en ville.

— Ce qui doit contrarier pas mal de gens, j'en suis sûre, dit Doreen. Ça rend Nan complètement folle.

Mack trouva cela drôle.

— Quand quelque chose ne se déroule pas comme Nan le veut, c'est quasiment garanti que

ça la rendra dingue.

Au tour de Doreen de rire.

— J'y suis descendue plus tôt et tant d'activités secrètes se passent là-bas que quand Nan

m'a poussée vers la sortie, j'étais contente de partir.

Il la regarda d'un œil soupçonneux.

— Sérieux ? Qu'est-ce qu'ils manigancent ?

— Je l'ignore… Et je pense que c'est mieux si je ne sais rien à ce stade, dit-elle, mais elle

provoqua l'inquiétude de Mack et elle hocha la tête. Je sais, je sais. C'est ma grand-mère, mais tu pourrais aussi parler à Darren de son grand-père.

Mack retrouva l'envie de rire.

— Darren essaie vraiment d'éviter son grand-père en ce moment, puisque Richie lui attire constamment des ennuis.

— C'est ce que je ressens avec Nan. Mais tant que tout le monde à Rosemoor va bien, je suppose qu'on peut les laisser faire leurs trucs. Ce sont des adultes, après tout.

— Si tu le dis.

— Bref, tu ne vas rien m'offrir à Noël, n'est-ce pas ?

Mack fronça les sourcils et prudemment, lui posa une question :

— Es-tu en train de me dire que tu ne veux rien pour Noël ?

Elle lui rendit son regard perplexe.

— Je me disais que nous n'avions peut-être pas vraiment besoin de cadeaux, tu vois ?

— Nous n'avons pas *l'obligation* de faire de cadeaux, précisa-t-il, mais j'ai effectivement quelque chose en tête que je voulais t'offrir.

Elle le dévisagea.

— Comment ça se fait que tout le monde semble avoir des idées en tête mais que je ne comprends même pas comment fonctionne ce système ?

— Ça, c'est parce que tu y réfléchis trop, dit-il gentiment. La seule chose qui compte, c'est que si tu veux offrir un cadeau à quelqu'un, tu le lui donnes pour une bonne raison.

— Et qui est ?

— Parce que tu le veux !

Doreen sourit.

— Okay, je pense pouvoir gérer ça.

Il toucha de nouveau sa montre-bracelet et fronça les sourcils.

— C'est vraiment irritant.

— Voilà peut-être une chose que je pourrais rechercher, suggéra Doreen.

— Une montre-bracelet ? demanda-t-il, baissant les yeux sur la sienne et hochant la tête.

Oui, pourquoi ne m'achètes-tu pas une nouvelle montre pour Noël ? Cela te fera plaisir de me l'offrir car c'est une chose dont j'ai besoin et je sais à quel point tu apprécies ça.

— Bien, répondit-elle, mais sans perdre son air soucieux. Pourtant, je ne sais pas si c'est une chose que j'arriverai à faire…

— Il faut faire attention à la taille, l'informa Mack, et il l'écrivit rapidement sur le bloc-notes

qu'elle gardait à proximité. Même si ce n'est pas pour Noël, tu pourrais peut-être prendre une minute pour m'en trouver une qui ne m'irrite pas la peau.

— Je crois que ça a un rapport avec le revêtement qui recouvre la matière, marmotta-t-elle.

— Ouais, possible. Il est probablement usé sur celle-là.

— Tu peux toujours en avoir une en or ou autre, dit-elle, prenant un air renfrogné tandis qu'elle vérifiait la taille, la façon dont le bracelet était un peu lâche à son poignet.

— En or ? répéta-t-il avant de rire. Ouais, c'est pas près d'arriver. Je ne saurais même pas quoi en faire.

— La porter, évidemment.

Il sourit et lui tapota le bout du nez.

— Et si on mangeait, avant que je ne finisse tous les biscuits restants ?

— Ils ne peuvent pas être si mauvais alors…

— Ils ne sont pas mauvais du tout. Ils ont vraiment un bon goût.

— Mais un curseur trop élevé sur la fonction mâche, du coup ?

Elle aperçut rapidement son grand sourire.

— Exactement, juste un curseur trop élevé concernant la mâche et c'est une bonne chose.

— Comment ça pourrait être une bonne chose ?!

— Parce que tu m'as appris un truc nouveau !

— Lequel ? s'enquit-elle, le regardant d'un air furibond, consciente qu'elle n'apprécierait pas, ce qui amusa Mack.

— Je ne savais pas que les sablés pouvaient être caoutchouteux.

Doreen poussa un soupir.

— Je réessaierai.

— Oui, fais ça, dit-il avant de tendre le bras pour en prendre un autre.

Doreen lui donna une tape sur la main.

— N'as-tu pas dit que tu voulais d'abord dîner ? On avait prévu quelque chose ? lui demanda-t-elle, étonnée.

Mack soupira à son tour.

— Je croyais, oui. Nous étions censés faire du poulet.

— Oh… Je ne pense pas en avoir été informée.

— Ah…, répondit-il, haussant les épaules. Pizza ?

— Une pizza, ce serait super. Je suppose que j'aurais dû sortir le poulet pour qu'il décongèle, non ?

— Mais tu ne l'as pas fait, donc c'est pas bien grave.

— Je ne suis pas d'humeur à cuisiner ce soir, grommela-t-elle, frustrée. Je crois que quelque chose cloche chez moi…

Mack lui jeta un coup d'œil, en levant un seul sourcil interrogateur. Elle haussa les épaules.

— Je ne suis jamais vraiment d'humeur à cuisiner, reprit-elle. Ça ne me vient pas naturellement, d'aucune manière. Ce n'est pas une compétence au sujet de laquelle je peux dire « Hé ! C'est un truc que je peux faire ! » sans avoir l'impression que c'est une corvée.

— Parce que c'est une corvée que tu veux éviter de faire.

— Je déteste le formuler de cette façon…

Mack haussa les épaules.

— C'est comme ça, c'est tout. Personne n'a dit que tu devais cuisiner tout le temps. Personne

n'a dit que *je* devais cuisiner tout le temps. La bonne nouvelle, c'est que nous pouvons faire ce que nous voulons la plupart du temps.

Et là-dessus, il sortit son téléphone et commanda une pizza. Rangeant son portable, il fit un signe de tête.

— Vingt minutes.

— Oh, bien, dit-elle tandis que son ventre gargouillait, ce qui fit sourire Mack.

— Tu as goûté tes biscuits ?

— Non, j'avais peur.

— Peur ?

— Oui… Et s'ils n'étaient pas comestibles ?

Il hocha la tête, compréhensif.

— Je peux t'assurer qu'ils sont mangeables, dit-il en en chopant un autre. Assez mangeables.

— Il faut que tu arrêtes, protesta-t-elle, ou tu n'auras plus de place pour le dîner.

— Sérieux ? dit-il en roulant des yeux. Tu crois vraiment que cet argument va fonctionner sur moi ?

— Je ne sais pas… On pourrait bien le penser. Apparemment, c'est comme ça que les gens font avec les enfants.

— Je ne suis pas vraiment un enfant, fit-il remarquer en riant.

— C'est en partie la raison pour laquelle Nan est si inquiète à mon sujet.

— Que veux-tu dire ?

Doreen soupira.

— Nan a évoqué un truc avec lequel j'ai quelques difficultés.

— *Oh oh…* Nan est très douée pour dire toutes sortes de choses.

— Je sais, mais elle semble penser que je risque de te perdre. Que si je ne fais pas certaines choses, je ferai tout capoter et tu t'éloigneras de moi.

Il cessa de mâcher puis marcha jusqu'à elle et l'attira contre lui, juste pour l'étreindre.

— Je ne crois pas que Nan soit de bon conseil dans ce domaine, lui murmura-t-il avec douceur. La prochaine fois qu'elle essaiera de te suggérer quelque chose concernant les relations, dis-lui simplement que tu t'en sortiras, tout comme tu t'en sors pour le reste.

— Tu crois ? demanda Doreen, reculant pour mieux le regarder, n'aimant pas le sentiment d'insécurité qui l'envahissait. Je ne sais jamais vraiment quoi dire quand elle est de cette humeur.

— Forcément. Nan est absolument adorable et je sais d'où elle vient et c'est comme ça, dit-il

avant de se pencher et de donner un baiser à Doreen. Maintenant, sors-toi cette idée de la tête et occupons-nous de choses plus importantes.

— Lesquelles ?

— Mon estomac, répondit-il avant d'éclater de rire.

Chapitre 7

A U RÉVEIL, LE matin suivant, Doreen bondit du lit et se retrouva rapidement en bas, une tasse de café à la main, assise devant son ordinateur. Elle était déterminée à en savoir plus sur ce qu'il s'était passé lors de cet accident de camion. Si les gens du coin avaient besoin de gui, il y avait sûrement d'autres sources pour en trouver. Elle avait remarqué des problèmes de livraison et les choses ne s'arrangeaient pas avec les transports autoroutiers sur les routes hivernales. Cela pouvait également perturber les avions. Avec le mauvais temps, les gens étaient parfois obligés de faire sans pendant un moment.

Néanmoins, le camion était en route pour Kelowna, mais toute sa marchandise avait été volée ou gelée, ce qui était vraiment dommage. Même si elle ne savait pas trop si le gui pouvait geler… Si ? Une brève recherche sur Internet confirma que du gui ayant gelé était endommagé et qu'il perdrait ses fleurs rapidement. Même gelé et ensuite décongelé, les branches resteraient fermes et fortes, mais le reste pouvait vite mal tourner.

Soucieuse, elle passa quelques coups de fil. Cela ne prit pas longtemps pour avoir la confirmation que les fleuristes du coin étaient tous à court de gui et n'avaient aucun espoir d'être livrés avant Noël. Alors qu'elle réfléchissait à ce qu'elle pourrait faire d'autre, Nan lui téléphona.

— Je ne peux pas trouver de gui, nulle part, se plaignit-elle à sa grand-mère. Entre l'accident

la semaine dernière et maintenant les autoroutes fermées à cause du mauvais temps, ce sera probablement la pénurie.

— Pas probablement, ça le sera bel et bien, rétorqua Nan avant de pousser un soupir. Ce n'est pas de ta faute, ma petite. C'est juste que j'en voulais vraiment pour Noël.

— Que dis-tu de faux gui ? proposa Doreen, avant qu'un silence choqué n'arrive à l'autre bout du fil. Okay, pas de faux gui alors.

— Non, pas du faux. Cependant, tu as raison, mon enfant… Il doit y avoir d'autres alternatives.

— Tu as vérifié en dehors de la ville pour voir si quelqu'un en a ?

— Non, je ne l'ai pas fait, mais es-tu prête à prendre ces routes pour aller en chercher, si j'en trouve ?

— Non, pas vraiment, confessa Doreen. Si les routes étaient praticables, oui, bien sûr. Mais

si ce n'est pas le cas… toi et moi savons que je ne devrais pas plus conduire que toi.

— D'accord. Je vais faire travailler mes méninges et voir ce que je trouve, dit-elle juste avant de mettre fin à l'appel.

Doreen se demanda quelles méninges avait sa grand-mère… mais elle n'avait pas le temps de s'en inquiéter, curieuse de savoir ce qui avait causé l'accident de camion en premier lieu. Elle appela rapidement Mack et quand il répondit, l'air distrait, elle lui posa la question :

— Bon, est-ce que cet accident avec le semi-remorque contenant le gui et toute la verdure a été causé par de mauvaises conditions sur la route ?

— Non, ce n'était pas un accident, répondit-il dans un gros soupir. Nous attendons la scientifique et elle prend son temps, vu que beaucoup de gens sont partis en vacances.

Doreen y réfléchit.

— C'est pas terrible, mais si tu évoques un accident qui n'en est pas vraiment un, était-ce une erreur du chauffeur ou a-t-il eu une crise cardiaque, ou bien a-t-il été empoisonné ou autre ? Ou peut-être que le camion avait des problèmes mécaniques, ce qui a causé un accident, ou bien était-ce quelque chose de complètement différent ?

— Quelque chose de complètement différent, répondit-il, et n'oublie pas que tu n'es pas autorisée à enquêter sur cette affaire.

— Je sais mais tu ne peux pas reprocher à une nana d'être curieuse…

— Peut-être mais cette curiosité bien à toi a tendance à partir dans la mauvaise direction.

Doreen ricana.

— Apparemment, il n'y a pas de mauvaise direction quand il s'agit de ça. Tu devrais le savoir maintenant.

— Il y a carrément une mauvaise direction de prise quand tu es concernée, alors ne t'en fais pas pour ça. Nous nous en occuperons.

— Je sais, mais quelle période terrible pour une famille de perdre un de ses membres…

— Oui, absolument. Le bon point dans cette affaire, s'il y en avait un, c'est qu'il était apparemment célibataire.

— Oui, mais il devait avoir une mère, un père ou quelqu'un d'autre.

— Possible, mais nous n'avons pas encore trouvé de proche parent. C'est pourquoi nous n'avons pas encore déclaré publiquement le nom de la personne décédée.

— Oh, c'est encore pire. Comme c'est triste.

— Ça arrive, plus souvent qu'il n'y paraît.

Doreen rouspéta.

— Nan se fait encore de la bile car il n'y a pas de gui. Je ne comprends pas pourquoi. Ce n'est pas comme si Noël ou sa fête allaient être annulés à cause de la pénurie de gui. Et si c'est pour son usage personnel, je ne veux même pas le savoir.

Mack ricana.

— Nan devra simplement faire avec. J'ai des problèmes bien plus graves sur lesquels m'inquiéter qu'une pénurie de gui.

— Je sais, mais elle m'a demandé de m'en charger.

— Dans ce cas, tu ferais bien de t'en charger, dit-il d'un ton amusé.

— Tu donnes l'impression que c'est si facile !

— Mais pour toi qui as résolu tant de *cold cases*, fit-il remarquer en plaisantant, l'affaire du

gui introuvable ne doit pas te donner tant de fil à retordre.

Et il raccrocha.

Doreen regarda son téléphone d'un air mécontent, mais quelque part, c'était une bonne chose.

Il avait mis la requête de Nan en lumière et faute de mieux, c'était une perspective sur laquelle elle pouvait bosser. Cela la fit sourire rien qu'à l'idée que ce pourrait être amusant d'enquêter sur la disparition du gui. Quelle aventure ! Elle rit à gorge déployée. Peut-être pas une aventure, mais au moins une chose sur laquelle elle pourrait se concentrer et elle prendrait n'importe quoi en ce moment.

Mais d'abord, elle devait s'occuper de Mugs qui aboyait

pour sortir dans le jardin. Il était cette fois le porte-parole pour le chat et l'oiseau. Elle prit un gros manteau et se joignit à ses animaux qui flânaient dans son jardin, reniflant tout sur leur passage. Il faisait si froid dehors qu'ils rentrèrent tous bientôt, pour se réchauffer.

Revenant au problème de pénurie de gui, Doreen se demanda quoi faire, en errant dans sa maison à deux étages, le précédent foyer de Nan. Des tonnes de choses y avaient été laissées afin de ne garder que les objets les plus importants qui pourraient tenir dans son petit appartement de Rosemoor. Nan avait délibérément laissé des antiquités de grande valeur comme héritage domestique à sa petite-fille. Doreen les avait toutes mises aux enchères, y compris les meubles, œuvres d'art et livres. Durant ce temps, Doreen avait également passé en revue les autres choses laissées là, comme les vêtements de Nan, ustensiles de cuisine, même de la paperasse, surtout celle concernant la provenance de certains objets.

Pourtant, Doreen ne se souvenait pas d'être tombée sur la moindre décoration de Noël, malgré une fouille entière du sous-sol. Elle n'avait trouvé aucun objet relatif à la Saint-Valentin ni à Halloween non plus. Peut-être que Nan ne s'était pas embêtée à décorer rien que pour elle, mais aujourd'hui, Doreen étant là, Nan mettait le paquet. Secouant la tête, Doreen ne comprenait pas cette focalisation sur Noël cette année, mais elle ne voulait pas contrarier Nan pour autant. Au moins, Doreen n'avait pas de *cold case* en ce moment, sinon, elle aurait vraiment regretté de perdre son temps à rechercher un gui inexistant.

Elle se demanda tout bonnement ce qu'elle pouvait faire pour trouver du gui tout frais. Nan était catégorique, il leur fallait du gui pour la fête de Rosemoor et elle ne pourrait pas s'en passer. Alors que Doreen n'était pas particulièrement ennuyée, Nan était visiblement horrifiée par le principe. Doreen soupira, prenant la décision de creuser la question, n'importe quoi pour que Nan garde le sourire.

Pourtant, elle continuait de ressasser l'affaire de Mack. Il refusait de discuter de l'accident routier fatal qui avait contribué à causer cette pénurie de gui. Mack ne pouvait lâcher le nom de la victime car aucun proche n'avait été prévenu et Mack ne lui dirait pas ce qui avait provoqué cet accident. Doreen avait compris que le chauffeur était décédé et elle savait quelle société de transport routier était impliquée, alors peut-être que l'employeur disposait d'informations… Elle se rendit sur leur site internet et, même s'il manquait d'informations détaillées concernant le récent accident, Doreen trouva la liste du personnel.

En consultant la liste des employés, elle ignorait si celle-ci était à jour, ni si les travailleurs saisonniers y étaient correctement répertoriés. Elle eut une pensée compatissante pour la famille du chauffeur, en imaginant la tristesse et la douleur de découvrir la nouvelle par un avis de décès. Mais l'apprendre par les infos avant d'en avoir été informé en privé serait encore pire.

Doreen soupira et appela la compagnie afin d'avoir plus d'informations. Quand elle tomba sur la standardiste, Doreen choisit au hasard le nom d'un des employés sur la liste disponible sur le site et se lança :

— J'ai appris pour l'accident d'Edgar.

— Pardon, dit la femme, je pense que vous voulez parler de Brandon.

— Oh, mon Dieu, je suis vraiment désolée, répondit Doreen, sa voix ayant monté d'une octave. Je lisais le mauvais nom.

— Ce n'est pas grave. Nous sommes tous très choqués. C'est une chose d'avoir un accident

et nous avons ici de super chauffeurs avec d'excellents dossiers de conduite mais de savoir qu'on lui a tiré dessus pendant qu'il conduisait, c'est une nouvelle que nous essayons encore de digérer.

— Bien entendu, murmura Doreen, ayant peine à entendre ça elle-même. Y a-t-il quelquechose que nous puissions faire pour sa famille ?

— Il n'avait pas de famille.

— Oh non… c'est d'autant plus triste.

— Ça l'est, en effet, dit la femme d'une petite voix. Enfin, nous avons énormément parlé ensemble. Il travaillait pour nous depuis dix bonnes années, ou plus. Il allait justement partir à la retraite en fin d'année. Pauvre Brandon… Il vivait une toute nouvelle aventure et il était tout excité, et d'une certaine manière, ça rend les choses bien pires… Je veux dire, juste au moment où on se sent prêt à s'en aller et à faire quelque chose de différent, on n'a pas envie que tout s'écroule autour de soi avant même d'avoir l'occasion de commencer.

— A-t-il dit ce que c'était ? Peut-être pourrions-nous écrire son éloge funèbre à cet effet, pour honorer sa mémoire.

— Un truc en rapport avec l'import-export et il allait entreprendre quelques voyages de l'autre côté de la frontière. Pas beaucoup, juste assez pour l'empêcher de devenir fou.

— D'accord. Je suppose qu'aller au-delà des frontières est quelque chose de banal pour ces

gars-là.

— Nous ne livrons pas à l'étranger, l'informa la standardiste, mais il avait un passif dans le domaine. Il avait envie de refaire des allers-retours avec des amis.

— Ça fait plaisir de savoir qu'il avait des amis. Ça fait suffisamment de peine de se dire qu'il

n'avait pas de famille ni personne avec lui pour les fêtes de Noël.

— *Plus* de famille, corrigea la femme.

— Une idée de qui sont ces amis avec qui il allait faire affaire ? demanda Doreen, curieuse.

— Laissez-moi réfléchir… Je crois qu'il a parlé de Jimmy.

— Si vous connaissez Brandon, alors vous connaissez peut-être Jimmy également, souligna Doreen, d'un air intéressé.

— Je connais plusieurs Jimmy, mais je ne suis pas certaine pour celui-là. Mais là encore…

— C'est celui qui… est vraiment grand et maigre ? tenta Doreen.

— Non, le petit. Un mètre cinquante environ. Et il vient ici de temps à autre. Il travaillait pour nous il y a longtemps avant de partir. Il a toujours été amical, dragueur. Il n'est pas super attirant, mais il a un certain charme… Oh maintenant, je me souviens. Son nom est Jimmy Cooper.

— La plupart des mecs avec ce genre de personnalité ont tendance à bien réussir dans tous les cas.

— C'est ça, il est sympa. Trop d'hommes pensent que les femmes veulent tout le reste, mais en vrai, elles veulent juste quelqu'un qui les traite bien.

— Oh, je vous rejoins là, consœur, dit Doreen très chaleureusement. Je pense que c'est ce qui manque dans tant de couples. Les gens veulent juste savoir qu'ils comptent pour quelqu'un.

— Tout à fait ! confirma la standardiste et Doreen entendit une sonnerie de téléphone dans le fond, alors la femme lui dit : oups, je dois y aller.

— Pas de problème. Merci pour votre temps, ma chère ! s'exclama Doreen avec entrain, mais elle avait déjà des voyants d'alerte dans la tête.

Dès qu'elle eut raccroché, elle se demanda si elle devait contacter Mack. Une petite recherche sur Brandon lui permit de lui trouver une connaissance, Jimmy Cooper. Elle devait parler à Mack. Il pourrait se mettre en colère à cause de ça, mais elle devait savoir si cette info serait un plus pour leur enquête ou pas. Elle n'eut finalement pas l'occasion de l'appeler car son téléphone sonna.

— Hé, lui dit Mack, l'air distrait. Je dois me rendre à Rosemoor. Tu y seras bientôt ?

— J'ai dit à Nan que j'irai pour l'aider plus tard dans l'après-midi. Là, je bosse sur ma nouvelle affaire.

Le ton de Mack se fit immédiatement tranchant :

— Quelle nouvelle affaire ?

Sans surprise, sa voix parut inquiète. Doreen renifla.

— C'est toi qui m'as donné l'idée.

— Que Dieu me vienne en aide, marmonna Mack. De quoi tu parles ?

— De l'affaire du gui disparu.

Au bout d'un silence de plomb, Mack se mit à rire.

— Okay, très bien. Reste dessus.

— Au fait, tu connais ce chauffeur sur qui on a tiré ?

Un autre silence se fit.

— Qu'en est-il de lui ?

— Je viens d'avoir une discussion avec la secrétaire de la société de transport routier. C'était apparemment son dernier trajet et il allait monter une affaire avec un de ses amis, peut-être Jimmy Cooper, pour faire de l'import et export à l'étranger. Jimmy est un mec petit, très aimable, pas spécialement très attirant mais un vrai charmeur. La standardiste a mentionné que Jimmy travaillait là-bas et qu'il avait toujours été amical et un peu dragueur parfois.

Dans un gros soupir, Mack répondit :

— J'ai parlé au personnel de cette société. Qu'as-tu fait ?

Il la connaissait si bien !

— J'ai juste appelé pour savoir si je pouvais faire quelque chose pour la famille. La secrétaire m'a dit qu'il n'en avait pas et que c'était vraiment dommage puisqu'il était sur le point de prendre sa retraite de cette compagnie et de se lancer dans une nouvelle entreprise.

— Je vois, répondit Mack d'un ton neutre. Alors, qu'est-ce que ça a à voir avec le gui ?

— Il conduisait le semi-remorque transportant le gui. Alors, comme nous sommes en manque de gui, j'ai dû remonter à la source. Tu sais, pour comprendre pourquoi il en manque.

— Oh doux Jésus, dit Mack avant de pousser un grognement féroce.

— Tu vas bien ? demanda Doreen, un sourire perceptible dans sa voix.

— Tu vas causer ma mort.

— J'espère que non. Je n'aimerais pas du tout l'idée qu'être à mes côtés te causerait davantage de stress.

— Ouais, en effet, rétorqua-t-il. T'occupe pas de mon enquête.

— Évidemment que je resterai loin de ton enquête, répondit-elle en toute innocence. Mais en toute honnêteté, je pense que ce serait mieux si nous collaborions sur celle-ci.

Mack renifla.

— Je suis sérieux, Doreen. Reste en dehors de ça, s'il te plaît.

— Je viens de te donner une info qui, selon moi, pourrait t'aider.

— J'en serais arrivé là tout seul.

— Maintenant, tu sais que tu peux parler à la standardiste et lui poser ce genre de questions et obtenir plus d'infos sur le sujet. Passe une bonne journée.

Et là-dessus, elle mit rapidement fin à leur appel.

Chapitre 8

Doreen s'en alla chez Nan pour l'aider cet après-midi. Ils installaient un peu de déco partout. Elle ne voyait pas trop ce que cela donnerait une fois terminé, mais puisque le projet tenait tant à cœur à Nan, Doreen ferait tout son possible pour que sa grand-mère garde le sourire.

L'un des résidents avait prié Doreen de se rendre dans la salle de Rosemoor, qui était étonnamment grande. Y trouvant Nan là-bas, Doreen lui dit :

— J'ai cru comprendre que tu en faisais des tonnes… J'ai appris que même Wendy a été invitée.

— Évidemment qu'elle l'est ! Tu as aussi beaucoup fait pour elle.

— À peine, tout ce que j'ai fait, c'est lui apporter des vêtements à vendre.

Nan rit.

— Si ça n'était rien de plus, ce ne serait pas grand-chose. Tu as raison. Mais tu oublies qu'elle a eu des ennuis et que tu as été celle qui lui est venue en aide.

— Oh, oui, dit Doreen, soucieuse, en regardant Nan. J'avais complètement oublié cette partie-là.

Nan lui sourit.

— Je sais, mais les autres n'ont pas oublié.

Doreen grimaça.

— Je n'ai vraiment pas besoin que les gens me remercient d'avoir bien agi.

— Heureusement, nous organiserons cette fête et si tout va bien, tout se passera sans encombre et personne n'aura besoin de quoi que ce soit de plus.

— Ah, j'aime bien cette idée, dit Doreen, ayant retrouvé le sourire. Je n'ai vraiment pas besoin de remerciements… tu vois ?

— Je vois. Ça fait partie des choses qui sont bien avec toi.

— Si tu le dis, marmonna Doreen en réponse. Bon et maintenant, où veux-tu que j'accroche ces décorations ?

Nan désigna un mur.

— Commence par là. Ce mur est pratiquement nu.

Doreen acquiesça.

— Oh, au fait, est-ce que tu connaîtrais un gars nommé Jimmy Cooper ?

Nan fronça les sourcils.

— Un mec petit, amical, un séducteur ? ajouta Doreen.

Richie s'approcha, le regard mauvais.

— Ce n'est pas quelqu'un avec qui tu veux avoir affaire, dit-il en secouant la tête. Fais bien attention à ne pas le mettre dans ton lit.

Doreen le dévisagea d'un air horrifié.

— Je posais juste la question car il est ami avec l'homme qui est mort dans l'accident de camion.

— Oh ! marmonna Richie, sans la quitter des yeux pour autant.

— Tu te lances dans l'enquête en cours de Mack ? lui demanda Nan, inquiète.

Doreen leva les yeux au ciel.

— Non, évidemment que je ne me lance pas dans l'enquête de Mack. Il ne me laisserait pas faire de toute manière et tu sais ce que je pense quand il s'agit de franchir les limites.

— Tu les franchirais en un clin d'œil si tu pensais pouvoir t'en sortir, dit Richie, maintenant son regard noir, mais avec une lueur dans les prunelles.

— Possible, admit Doreen, mais vous aussi !

Il s'esclaffa bruyamment et confirma d'un hochement de tête.

— Tu as raison, je le ferais sans doute. D'un autre côté, nous ne voudrions pas énerver ce pauvre Mack, pas en ce moment.

— Pourquoi pas maintenant ? demanda Doreen.

— Il est sur une enquête, non ? intervint Nan en donnant un petit coup de coude à Richie. Tu sais comme il a toujours été protecteur par rapport à ses enquêtes.

— Oui, et s'il est sur une affaire, ajouta Richie en haussant les épaules, même si, aux yeux de Doreen, ça sonnait un peu faux, tu devrais certainement rester en dehors.

— *Très bien*, marmonna Doreen, se demandant ce qu'il pouvait bien se passer avec ces deux-là. Peu importe. Je pensais contacter Jimmy Cooper.

— C'est une crapule, insista Richie.

— Quand tu dis « crapule », tu veux dire une *véritable* crapule ou c'est juste un *terme* comme ça ?

— Une crapule, *crapule*. De la pire espèce. Comment peut-on le dire autrement ?

— Je vérifiais juste, répondit Doreen, tentant de maintenir une conversation superficielle. Ça dépend de la façon dont tu le dis, l'intonation, tu vois ? Il y a les crapules et puis il y a les *crapules*. Et puis…

— Suffit ! l'interrompit Richie en levant la main. C'est une crapule car c'est un don Juan et qu'il a la réputation de frapper tout ce qui bouge. De plus, il s'est attiré tout un tas d'ennuis. La dernière en date que j'ai apprise, c'est qu'il était mêlé à des magouilles douteuses à l'étranger.

— À l'étranger, comme faire passer des trucs dans un autre pays ? demanda Doreen, tâchant de comprendre ce que ça signifiait exactement.

— Je ne sais pas en détail ce qu'il manigance, précisa Richie. Mais j'ai su que ça concernait l'acquisition de cigarettes et leur envoi au-delà de la frontière, sans les déclarer. Ce genre de chose.

— Ah alors… de la contrebande, en gros.

— Je ne sais pas si les flics appelleraient ça de la contrebande. Un tas de gens jouent à ce petit jeu sans le considérer comme illégal.

— Jusqu'à ce qu'ils se fassent prendre.

— La plupart ne le sont pas car ils n'agissent pas d'une manière bien visible qui attirerait l'attention.

— Bien entendu. Ce serait enfreindre la loi, non ?

— Tout à fait et ces gars-là ne veulent pas nécessairement l'enfreindre. Ils s'amusent juste.

— Tu penses que c'est ce que faisait Jimmy ?

— Je ne sais pas. Il n'est pas le genre de gars avec qui je taille une bavette, tu vois.

Comme Doreen le dévisageait, il ajouta :

— Je ne sais pas quoi dire d'autre. Si ce n'est te conseiller de rester loin de lui.

— Je ne prévoyais pas d'aller boire un café avec lui, lui répondit-elle.

— Tant mieux ! dit-il, visiblement alarmé à cette idée.

Ce ne serait pas sage. Il pourrait être purement et simplement dangereux.

— Dangereux ? Attends une minute. Comment en sommes-nous arrivés de don Juan à dangereux si vite ?

— Ça n'a pas d'importance, dit Richie. Doreen, ne fous pas tout en l'air…

— De quoi tu parles ? demanda-t-elle, les mains sur les hanches.

Agissant soudain comme s'il devait se rendre ailleurs, Richie dit :

— Je reviens.

Et il disparut à toute vitesse.

Doreen s'adressa à Nan :

— Mais que se passe-t-il donc ?

Nan sourit simplement et désigna sa tempe, dessinant des cercles avec son doigt.

— C'est Richie, c'est tout.

— Oh, sérieux, Nan ! Ce n'est pas comme s'il était devenu dingue d'un coup.

— Non, pas d'un coup, répondit gaiement Nan avant de glousser. Il se paierait sans doute ma tête d'avoir dit ça. Malgré les preuves occasionnelles du contraire, il a bien toute sa tête pour le moment, ce qui est bien, puisqu'on en a besoin.

— Je ne sais pas ce qu'il se trame ici…, dit Doreen en regardant, ébahie, sa grand-mère. Cependant, vous éveillez pleinement mes soupçons.

— Ce qui est toujours le problème avec toi, évidemment, fit remarquer Nan, tout sourire. Tu es suspicieuse de nature, mais je peux t'assurer, ma fille, que tu n'as pas du tout à t'en faire.

— Pourquoi cette déclaration me rend-elle encore plus

suspicieuse ? demanda Doreen, toisant sa mamie.

— Oh la la, alors tu as un problème dans ce cas, non ? souligna Nan en toute innocence.

Doreen soupira.

— Cela m'incite à me demander ce qu'il se passe ici, à Rosemoor… Bon, tu sais quelque chose sur ce Jimmy Copper ?

— Pas vraiment, répondit Nan en faisant un geste de la main. Mais j'ai entendu parler d'un groupe de gens qui joue au jeu des trafics hors frontières. Je ne sais pas si ça se limite aux cigarettes, peut-être pas…, ajouta-t-elle avant de secouer la tête. J'ai appris que deux hommes peuvent te procurer tout ce que tu veux et le ramener de l'autre côté du territoire.

— Et ensuite quoi, tu n'as pas à payer de taxe ?

— Oui, c'est vraiment pas cher.

— Oui, je comprends ça, mais est-ce que ça vaut le coup d'avoir des ennuis ?

— Si ce n'est pas toi qui apparais sur le bon de commande, est-ce important ? demanda Nan en haussant les épaules.

— Dans un sens, oui, ça pourrait, dit Doreen en la fixant.

— Alors, c'est important et si ça l'est pour toi, dans ce cas, tu ne devrais pas t'y coller. Tu sais que tu ne peux rester tranquillement là et juger tout le monde parce qu'ils travaillent avec une éthique différente de la tienne ? Et tu dois décider lesquelles de ces batailles sont celles dans lesquelles tu veux t'impliquer.

— Tu l'as déjà fait ?

— Oh, bon Dieu, non ! répondit Nan. Je préfère nettement soutenir le commerce local. Mais pour certaines personnes, c'est un jeu, avec un côté rebelle, si l'on peut dire.

Tu sais, lutter contre Big Brother, tout ça.

— Je ne comprends pas tout, marmonna Doreen. Ça n'a pas l'air d'être un super jeu selon moi.

— Pas pour toi car tu es bien trop sérieuse. Tu te mettrais à jouer et finirais dans tous tes états, inquiète de ne pouvoir en sortir.

— Exactement. Et comment faire autrement ? Et si on se fait choper ?

— Et si *tu* te fais choper ? Ces gars-là diraient simplement qu'ils ne savaient pas et qu'ils ne recommenceront plus. Pour un premier délit, ils s'en tireraient probablement. Simple comme bonjour, non ? dit-elle avant de se mettre à rire.

— Mais ça ne vaut pas la peine de tuer quelqu'un pour ça.

Nan pivota et regarda Doreen, soucieuse.

— Quelqu'un a été tué dans cette histoire ?

En voyant l'étincelle dans les yeux de Nan, Doreen réalisa à quel point ils étaient tous devenus investis dans ses enquêtes.

— Non, je ne pense pas, bredouilla-t-elle avec une nonchalance qui ne trompait personne.

Nan se rapprocha en sautillant.

— Est-ce que le chauffeur du semi-remorque a été assassiné ? demanda-t-elle à voix basse.

— Je ne dis rien. Souviens-toi que c'est l'enquête de Mack, répondit Doreen, lui renvoyant ses propres mots au visage.

Nan lui lança un regard noir.

— Oh, ça, ce n'est pas très juste…

— Je le sais très bien, dit Doreen, en souriant avec satisfaction. C'est exactement ce que tu me fais, au passage.

— Peut-être, mais je pourrais toujours dire à Mack que tu interfères dans son enquête. Ça te mettrait dans le pétrin.

— Tu pourrais… Mais tu devrais en avoir la preuve.

— Tu poses des questions sur Brandon et maintenant sur ce Jimmy Cooper, contra Nan d'un air sournois.

Doreen hoqueta.

— C'est du chantage !

— Non, c'est juste un truc de famille. Nous avons une réputation à défendre désormais, non ?

Doreen n'avait aucune réplique pour ça. Que pourrait-elle dire ? Comprenant que sa grand-mère en savait probablement plus sur ce Jimmy qu'elle ne le laissait entendre, Doreen décida de voir jusqu'où elle pourrait aller.

— Je me demande où je pourrais trouver Jimmy…

— Il traîne du côté de Glenmore, aux dernières nouvelles, confia Nan un peu trop rapidement. Il y avait un numéro que tu pouvais appeler si tu voulais quelque chose, mais ça fait un moment depuis mon dernier contact, dit-elle avant de s'esclaffer. Toutefois, je suis tombée par hasard sur ce numéro dans ma poche, il n'y a pas longtemps…

— Pour quelqu'un qui n'avait jamais fait ça, tu en connais un rayon sur la façon de faire…

— Je suis de la vieille école, ma fille. J'en sais beaucoup sur pas mal de choses. Et même si je n'ai pas utilisé ses services… tu ne sais jamais quand tu pourrais avoir besoin de quelque chose.

— Quelque chose ?

— Oui, n'importe quoi, répondit Nan, nonchalante. Enfin, c'est juste pour rigoler, après tout.

— Je t'en prie, plus de rigolade, dit Doreen en dévisageant sa grand-mère. Il n'y a pas que nous qui pourrions avoir des problèmes ici, mais en ce moment, ça pourrait vraiment se répercuter sur Mack, pour le pire.

Là, Nan s'immobilisa et plissa le front.

— Oh, oui…

— Alors… tu te souviens bien de Jimmy ?

— Oui, évidemment que je me souviens de lui, rétorqua-t-elle avec colère, mais franchement, je n'y avais pas vraiment réfléchi du point de vue de Mack.

— C'est une toute nouvelle perspective, maintenant, souligna Doreen. Nous nous sommes retrouvés mêlés à un tas de sales histoires et du point de vue de Mack, il est assujetti à un niveau plus élevé et de ce fait, nous aussi.

— Ça a l'air incroyablement ennuyeux, marmonna Nan en fixant Doreen.

— C'est peut-être ennuyeux mais ça n'a pas à l'être.

— Oh, bien sûr que si, quand il est question des policiers. Cependant, nous pouvons sans doute trouver un autre moyen d'égayer nos investigations, dit-elle avant de pousser un soupir. Je n'ai vraiment pas envie de me dire que l'un d'entre nous préfère être *ennuyeux*.

— Bien sûr que non, mais c'est la vérité quand on aborde la façon dont Mack verrait ces choses.

— C'est plus ou moins la vérité, concéda Nan en soupirant de nouveau. Je vais devoir y réfléchir un peu. Bref, tu ne devrais pas te rendre dans les bas-fonds toute seule.

— C'est Glenmore, ce n'est pas si loin et ce ne sont pas vraiment les *bas-fonds*. Ça n'est pas du tout dans les zones à risque. Après tout, Glenmore est connue pour être le terrain des familles, bon sang, alors ce n'est pas un problème.

— Un problème, peut-être pas, mais ça reste un endroit où je n'aimerais pas que tu ailles seule.

Doreen souffla.

— Nan, qu'essaies-tu de me dire ?

— C'est juste que ce Jimmy, c'est un peu un coureur de jupons… Et les femmes ont tendance à tomber sous son charme.

— Tu crois vraiment que je tomberais sous son charme ?

— Oh, non, ma chérie, pas toi, pas alors que tu as Mack.

Doreen dévisagea sa grand-mère.

— Bon Dieu, alors où est le problème ?!

— Je n'en suis pas vraiment sûre, marmonna Nan, le regard perdu dans le vague. Je suppose que je me sentirais simplement… mieux si tu n'y allais pas.

— Tu pourrais te sentir mieux, mais ça n'est pas une réponse.

— Mais si, c'est une réponse ! Je me sentirais juste mieux si tu n'y allais pas. Comment ça ne pourrait *pas* être une réponse ?

Doreen secoua la tête.

— Écoute. Si j'y vais, je ne ferai que parler à ce gars-là.

— Oui, oui, grommela Nan, mais sans se dérider.

— Tu ne peux pas vraiment croire que je serais sous l'emprise de ce mec ?

Nan haussa les épaules.

— Il a un bon palmarès… Des femmes qui m'ont surprise en se mettant à genoux devant lui.

— Oh la la… Maintenant, tu me donnes vraiment envie d'aller rencontrer ce mec.

— Non, non, non, ne fais pas ça. N'y pense même pas ! s'écria une Nan alarmée. Tu ne devrais pas faire ça. Surtout pas maintenant.

— Mais ça fait partie de mon enquête dans cette affaire. Alors je dois le retrouver.

Nan mit la main dans sa poche et en sortit le bout de papier. Les yeux baissés sur le numéro dans une main et son propre téléphone dans l'autre, elle l'appela. Comme Doreen s'y attendait, la voix à l'autre bout du fil s'exclama :

— Nan ! Comment ça va ?

Chapitre 9

CHOQUÉE PAR LES actes impromptus de sa grand-mère, Doreen s'avança, les mains sur les hanches, un regard noir fixé sur elle.

— Je me porte très bien, Jimmy, répondit Nan chaleureusement. J'ai appris que l'un de tes amis était décédé.

— Oh mon Dieu, oui. Je suis à côté de mes pompes à cause de ça. Tu sais que nous venions de monter une affaire et tout ? dit-il, d'une voix triste. Bon sang, je ne sais même pas quoi faire maintenant.

— Quelle affaire ? lui demanda Nan.

— Tu sais…, répondit-il sur un ton amusé, avant d'émettre un petit rire.

— Donc, toujours la même routine ?

— Ouais, toujours la même routine.

— Alors, pourquoi monter ça en affaire maintenant ? S'enquit Nan, avec cette vive curiosité qui semblait l'autoriser à poser des questions à n'importe qui et auxquelles tous répondaient bien volontairement.

— Ah, eh bien… il voulait en faire un peu plus, tu vois, pour pouvoir travailler moins à son boulot principal.

— Travailler de façon plus intelligente est toujours une

bonne idée, fit Nan, évasive.

Doreen observait sa grand-mère à l'œuvre et il apparaissait que Nan pouvait bien être elle-même la charmeuse.

— Je veux dire, surtout si c'était rentable, et tout… Bien sûr, tu ne veux pas être attrapé. J'imagine mal que ça se passerait bien pour toi…

— C'était l'une des choses dont on discutait. On ne voulait pas se faire choper. On ne souhaite aucun de ces troubles, mais travailler de neuf heures à dix-sept heures à nos âges n'était pas tout à fait ce qu'on voulait non plus.

— Non, non, je me doute que non. J'ai vraiment été triste d'apprendre pour Brandon.

— Oh, et le fait qu'on lui ait tiré dessus, aussi, ajouta Jimmy tristement. Ça… ça me brise le cœur.

— Est-ce qu'il a une famille ? Y a-t-il quelqu'un qu'on pourrait aider ?

— Non, pas de famille, marmonna-t-il. Il était tout seul. C'est peut-être pour ça aussi que ça me fait si mal. Tu sais que c'est aussi mon cas.

— Je le sais, lui dit Nan. Tu n'as jamais trouvé cette gentille femme avec qui t'installer et te marier ?

— Non, pas du tout. Personne ne m'aura.

Nan s'en amusa.

— Oh, allez. Ne disais-tu pas que tu ne pouvais pas te mettre à la colle avec une seule ?

— Je ne dirais pas que tu as tort, répondit-il d'un ton tout joyeux. Bref, qu'est-ce que tu prépares ? Je n'ai pas eu de nouvelles pendant un long moment.

— Oh, je pensais te passer un coup de fil pour te présenter mes condoléances pour ton copain. Bien sûr, ma chère petite-fille bien-aimée se demande s'il n'y a rien de fâcheux concernant sa mort, mais si on lui a tiré dessus, c'est apparemment le cas.

— Mazette, c'est elle, la détective privée, non ?

— Pas officiellement, répondit Nan avec prudence.

— Ça me donne une idée, cela dit… Tu crois qu'elle me donnerait un coup de main pour résoudre ça ?

Nan jeta un coup d'œil à Doreen qui secouait la tête à toute vitesse. Nan fronça les sourcils et durcit son regard.

Doreen se pencha en avant et intervint :

— Salut, Jimmy. C'est Doreen. Je ne peux rien faire ni me mêler d'une enquête encore en cours.

— Oh, d'accord. Je crois avoir entendu quelque chose là-dessus. La police n'aime pas ça, hein ?

— Non, en effet.

— Vous savez que Brandon a fait de la prison il y a quelques années ?

— Ah oui ? demanda Doreen, les oreilles dressées à cette information.

— Un deal tout à fait simple, un cambriolage. Mais il ne l'avait pas commis.

— Que voulez-vous dire par là ?

— Il faisait des cambriolages à l'époque mais pas avec moi. Et il a juré ne pas avoir fait l'un d'eux. Alors vous voyez, *ça*, c'est un *cold case*…

— Cela dépend s'il s'agit d'un *cold case* selon les registres, ce qui ne devrait pas être le cas, pas s'il a fait de la prison. Mais s'il n'était pas coupable, a-t-il dit quelque chose ou au moins essayé de monter une défense ?

— Oui, mais il avait peur d'aller trop loin car celui qui l'avait fait pouvait le retrouver après.

— Intéressant…

— Après être sorti de prison, il a essayé de convaincre les responsables de sa libération de s'y intéresser, mais personne ne l'a fait.

— Ça aussi, c'est intrigant. Je peux toujours en parler à Mack et voir si cela me qualifie pour me laisser agir sur l'enquête en cours.

— Ce serait génial si vous le pouviez, dit Jimmy, enthousiaste. Vu que Brandon a été abattu et qu'il ne semblait pas y avoir de raison, je m'inquiète un peu de ce qui pourrait m'arriver la prochaine fois que j'irai dehors.

— Je suppose que cela dépend si vos opérations de contrebande comportent des entrées par effraction. Peut-être que cette partie-là ne plaît pas à quelqu'un…

— Et pourtant, qui n'aimerait pas ? Nous faisons ça depuis longtemps et personne ne s'en est vraiment plaint jusque-là.

— En dehors de la police, vous voulez dire, fit remarquer Doreen avec ironie.

— Eh bien, ouais, eux, concéda Jimmy, mais ce n'est pas comme si nous étions violents dans nos crimes ou autres…

Doreen secoua la tête, réalisant à quel point ces personnes considéraient cela comme un jeu et non pas comme une activité criminelle. Elle savait que Mack aurait un point de vue complètement différent à ce sujet…

— Hé, pourquoi vous ne venez pas ici, qu'on en parle davantage ? lui suggéra-t-il, visiblement détendu. On se sent seul ici et c'est Noël.

— Ça dépend si vous détenez des informations sur ce qui est arrivé à Brandon lors du cambriolage.

— Oh, je peux dégoter de vieux dossiers… Après tout, j'ai vécu avec ce mec, alors toutes ses affaires sont ici.

— Est-ce que la police est venue chez vous ?

— Bien sûr ! Elle s'est rendue chez lui aussi. Il avait déménagé récemment. Au cours du mois dernier environ, mais jusqu'alors, nous partagions une maison.

— Pourquoi a-t-il déménagé ?

— Ah, vous savez comment c'est… Je pense qu'il se disait qu'il pouvait peut-être se trouver une petite copine. Il a peut-être eu l'impression que je le gênais dans sa façon de faire, d'une certaine manière.

— Oh, je vois.

Nan hocha la tête.

— Je comprends également, s'immisça Nan, sans parler du fait que tu as un peu les yeux baladeurs…

— J'ai peut-être les yeux baladeurs, répondit Jimmy en riant, mais j'ai conscience des limites… En un sens.

Nan rit à son tour.

— Tu comprends peut-être les limites, mais je ne suis pas certaine que tu saches tout à fait comment les respecter.

— Ça, je n'en sais rien, rétorqua-t-il, toujours avec de l'amusement dans la voix. Je veux dire, je n'ai jamais essayé de *voler* les femmes.

— Non, elles vous préfèrent juste naturellement ? dit Doreen en souriant.

— Exactement ! Alors pourquoi ne venez-vous pas ici et je vous montrerai ce que j'ai en lien avec le *cold case* de Brandon.

— Oui, je peux faire ça, répondit Doreen, et dès qu'elle obtint l'adresse, elle raccrocha et regarda Nan. Je pensais que tu ne voulais pas que j'aille le voir ?

— C'est sans doute mieux si tu vas le voir. Dans ce cas, nous n'aurons pas à nous faire de mouron là-dessus.

— Je ne comprends pas la différence, marmonna Doreen, fixant sa grand-mère.

— Quoi ? C'est juste mieux de se débarrasser de ça. Alors, si tu es convaincue par cet homme, Mack doit savoir que vous n'avez pas vraiment ce qu'il vous faut pour réussir ensemble.

— Bonté divine, Nan. Ce n'est pas comme si rencontrer cet homme sans l'avoir prévu allait changer ce que je pense de Mack ! dit Doreen, exaspérée. Je ne suis pas aussi instable que ça.

— Non, peut-être pas, dit Nan, observant prudemment sa petite-fille. Mais la question est : es-tu suffisamment sérieuse pour ce pauvre Mack en ce moment ?

— Arrête, dit Doreen. Assez, s'il te plaît. Tu me trouves vraiment si superficielle ?

— Tu devrais aller voir Jimmy maintenant.

— Parfait, j'irai. Mack ne rentrera pas de sitôt. Alors je serai déjà repartie de là-bas quand il

arrivera chez moi.

— Tant mieux. Toutefois…, poursuivit Nan, sourcils froncés. J'ai une idée. Peut-être que je vais venir avec toi.

Doreen la regarda fixement.

— Partante pour te rendre sur le terrain ?

— Absolument ! Et puis nous ne serons pas parties longtemps, n'est-ce pas ?

— Non, ce n'est pas obligé. C'est toi qui sembles en faire tout un plat.

— Je ne *veux* pas en faire tout un plat, précisa Nan, mais parfois, certaines choses peuvent nous surprendre.

Ignorant ce que Nan voulait dire par là, Doreen rassembla les animaux.

— Laisse-moi aller chercher ma voiture. Je reviens, alors attends-moi sur le parking, d'accord ?

Cela ne prit pas longtemps et dès qu'elle retourna à Rosemoor, elle ouvrit la porte passager pour Nan qui peinait à contenir son excitation.

— Allons sur le terrain alors ! annonça Doreen. Ça ne devrait vraiment pas être très long.

Alors, avec une Nan excitée à ses côtés, Doreen prit la route et se rendit à l'adresse de Jimmy, pour un trajet d'environ quinze minutes.

Quand elles arrivèrent devant l'emplacement, Nan leva les yeux et hocha la tête.

— On y est.

Doreen se tourna vers sa grand-mère.

— Qu'est-ce que tu me caches ?

— Rien ! répliqua Nan, clignant des yeux d'un air espiègle.

— Vous deux, vous vous fréquentiez, non ? demanda Doreen, dégoûtée. Ne me dis pas que tu as fraudé sur certaines choses avec lui aussi ?

— Non, pas vraiment, répondit Nan en faisant un geste désinvolte. Mais avec tout cet engouement, il faut bien essayer, non ?

— Non, ce n'est pas obligé, rétorqua Doreen en levant les yeux au ciel.

— C'était il y a fort longtemps, ma chérie, lui dit Nan en lui tapotant la main. Rien qui ne me fasse risquer d'être arrêtée maintenant.

— C'est ce que tu dis !

Elles sortirent avec Goliath et Mugs fermement attachés en laisse, Thaddeus sur l'épaule de Doreen, et marchèrent jusqu'à la porte d'entrée. Celle-ci s'ouvrit presque immédiatement. Nan fut emportée dans une grande étreinte, tandis que le regard vif de Jimmy évaluait Doreen par-dessus la tête de Nan.

Elle secoua la tête à son intention.

— Ce ne sont pas des manières de jauger une femme pendant qu'on en enlace une autre.

Elle nota également que les animaux ne se précipitaient

pas pour saluer cet homme. *Intéressant…*

Il éclata de rire puis se recula pour regarder Nan.

— Oh, je l'aime déjà.

— Forcément, déclara Nan, un soupir presque résigné dans la voix, avant de se tourner vers sa petite-fille et d'ajouter : viens. Voici Jameson, mais il préfère Jimmy. Jimmy, voici ma petite-fille, Doreen.

Cette dernière sourit à l'homme.

— Ravie de vous rencontrer.

Il lui jeta un coup d'œil interrogateur.

— Clairement pas ce à quoi je m'attendais. Et une amie des animaux, je vois.

Selon Doreen, il ne semblait pas apprécier des animaux. Encore un mauvais point pour lui.

— Si tu avais vu des photos d'elle, tu ne te serais pas attendu à autre chose, dit Nan, adressant un signe de tête à Doreen pour qu'elle approche. Entre, ma fille, et referme cette porte. Il fait froid.

— Bien sûr.

Doreen entra avec hâte, les animaux collés à elle. Elle ne comprenait pas pourquoi Nan se comportait ainsi. Mais il n'y avait absolument rien chez cet homme devant elle qui lui ferait bondir le cœur ni celui de quelqu'un d'autre.

Il perdait ses cheveux, était bien buriné et semblait picoler depuis bien trop longtemps, ayant oublié de laisser ça derrière lui. Il était aussi très petit et était au moins trente ans plus âgé qu'elle, si ce n'était quarante. Elle dissimula son sourire en voyant Nan le regarder avant de reporter son attention sur elle, un sourcil levé. Doreen secoua la tête et, soupirant de soulagement, Nan acquiesça.

— Bien sûr que non, murmura Nan. Tu es trop intelligente pour ça.

Peu certaine de ce que cela signifiait mais consciente que quelque chose était en train de se passer sans qu'elle le comprenne, Doreen suivit Nan au salon, où Jimmy les attendait.

— Je ne pige toujours pas, chuchota-t-elle à Nan.

— Intéressant, répondit Nan d'une petite voix.

Comme elles traversaient la maison de Jimmy, Doreen remarqua le mobilier ancien avant de réaliser que ce gars avait sans doute reçu de gros biffetons pour ce qu'il faisait… C'était l'aspect illégal qui ne serait jamais bien accepté dans son domaine, surtout après avoir eu affaire à son ex. Regardant autour d'elle, elle sourit.

— Vous vivez seul, par hasard ?

— Oui et c'est évident, non ? répondit-il sombrement. Toutes les femmes me tombent dans les bras, plaisanta-t-il, offrant un clin d'œil à Nan. Et pourtant, je ne suis pas assez malin pour les garder à plein temps.

Le regard de Doreen passa de l'une à l'autre, mais son esprit rechigna à se demander ce que le clin d'œil pouvait vouloir dire. Elle secoua la tête, se disant que ce n'étaient pas ses affaires. De plus, elle ne souhaitait pas *tellement* s'aventurer sur ce terrain-là, pas même un instant.

— Donc, votre ami, commença-t-elle.

— Ah, oui, dit Jimmy, désignant un carton posé sur le côté. Là-dedans, il y a toutes ces archives. Pas sûr que ça ne vous soit d'aucune aide, mais ça se peut.

— Peut-être, répondit-elle en acquiesçant. Ça dépend de ce que nous pensons être en train de regarder.

— Je l'ignore, admit Jimmy. Je n'avais rien à voir avec les cambriolages.

— Et pourtant, dit-elle en se tournant vers lui, vous viviez ensemble et vous êtes tous deux lancés dans la contrebande à l'étranger.

— Bien sûr, mais ce n'était qu'un jeu. Ce n'était pas sérieux.

— Ça le sera si les flics le découvrent.

Il s'humecta les lèvres nerveusement.

— Ce ne serait pas bien…, répondit-il et son regard passa de Doreen à Nan avant de revenir sur Doreen. Je ne peux vraiment pas laisser cela arriver.

Doreen soupira.

— Et votre ami Brandon ? Quelle est cette histoire de crime qu'il n'aurait pas commis ?

— Il a été accusé de crimes multiples, expliqua Jimmy en haussant les épaules. Mais il n'a pas commis l'un des cambriolages. Et ça l'a toujours agacé d'en payer le prix alors que c'était quelqu'un d'autre qui avait fait ça. Il pensait également savoir qui c'était, mais je ne me souviens pas exactement de ce qu'il m'a dit, ajouta-t-il en fronçant les sourcils. C'était un nom bizarre, comme Potter ou un truc dans le genre.

— Potter ? répéta Doreen, perplexe.

— Ouais, je n'en suis pas certain, un nom bizarre.

— Genre un pseudo ?

— Non, je crois qu'il s'agissait d'un vrai nom. C'était l'un de ces noms que vous ne pouviez jamais vraiment oublier, mais bien entendu, parce qu'on ne pouvait l'oublier, c'était incroyablement difficile de s'en souvenir, s'expliqua Jimmy, un sourire lumineux aux lèvres destiné à Doreen.

Apparemment, Jimmy croyait que ce sourire était censé le rendre d'autant plus mignon aux yeux de Doreen… Mais au lieu de ça, ça provoquait l'effet inverse.

— Okay, et qui selon vous aurait tiré sur Brandon dans son camion ?

Son sourire s'évanouit et il secoua la tête.

— Je jure devant Dieu que je ne sais pas.

— Et cela vous a-t-il incité à revoir vos stratégies commerciales ? Parce que si ce n'est pas le cas, vous devriez peut-être.

— Vous pensez vraiment que ça a un lien avec la contrebande ? demanda-t-il, anxieux.

— Pour la contrebande, je ne sais pas, mais sans doute les cambriolages, suggéra Doreen, surtout si Brandon a découvert le coupable et pouvait apporter une preuve du crime pour lequel il a fait de la prison et qu'il a peut-être menacé cette personne, d'une quelconque manière.

— Brandon a possiblement fait ça aussi, répondit Jimmy. Il était suffisamment stupide pour avoir autant d'audace.

— L'audace est une chose, mais menacer quelqu'un d'aller en prison, c'est une tout autre histoire, comme vous devriez bien le savoir.

Il la regarda, fébrile.

— Je ne veux pas faire de prison…

— Je comprends. Alors quand la police viendra poser des questions, vous pourriez avoir envie d'être un peu plus honnête et ouvert quant à apporter des réponses…

Il fronça les sourcils.

— Mais si je fais ça, je ne pourrai plus traverser la frontière.

Nan tapota la main de Jimmy.

— Alors il est peut-être temps que ces petites virées prennent fin.

— Tu crois ? Je serais affreusement à court d'argent dans ce cas.

Doreen exprima sa compréhension.

— Je comprends et c'est une préoccupation, mais il y a

d'autres moyens de générer un revenu sans risquer sa vie.

Face à cet argument, les yeux de Jimmy s'agrandirent. Puis ils se posèrent sur le carton qu'il poussa vers Doreen.

— Vous feriez mieux d'emporter ça, dit-il. Je n'ai aucune idée de ce qui est arrivé à Brandon, mais je ne veux pas être le prochain à se faire tuer.

— Y a-t-il une raison de penser que vous pourriez l'être ? s'enquit Doreen sans toucher la boîte, son regard continuant d'étudier l'homme. Avez-vous fait quelque chose de suspect ou vous êtes-vous associé à des personnes louches ?

— Je ne pense pas, mais on ne vérifie pas vraiment le client au préalable quand on accepte ces boulots de contrebande.

— D'accord. Et vous avez travaillé ainsi pendant combien de temps ? Trente ans ? demanda-t-elle, l'observant attentivement. Les temps ont changé et les flics également et, plus important, la concurrence a changé.

Une fois de plus, Nan acquiesça et ajouta :

— Il est temps pour toi de changer aussi, mon ami.

Il regarda cette dernière, et ses épaules s'affaissèrent.

— Ça va vraiment être dur, souligna-t-il. Je ne suis même pas certain de pouvoir garder ma maison.

— Oui, dit Nan. Alors nous pourrions t'aider à trouver une autre source de revenus.

— Avez-vous l'âge de la retraite ? demanda Doreen. Ça pourrait aider.

— *Bien sûr*, répondit-il en levant les yeux au ciel. Mais ce n'est pas comme si la pension serait élevée.

Doreen inclina la tête.

— Mais si vous avez été raisonnable avec votre argent toutes ces années et si la maison génère un loyer, cela devrait au moins couvrir vos dépenses.

Il la regarda, sourcils froncés avant de s'adresser à Nan.

— Elle a vraiment dit ça, n'est-ce pas ?

Nan gloussa.

— Oui, elle l'a bel et bien dit. Pourtant, elle a raison. Si tout était payé, la pension devrait probablement suffire.

— Tout n'est *pas* payé, admit Jimmy, se laissant tomber sur la chaise à côté de lui avant de contempler autour de lui la vieille maison. Honnêtement, je pense à la vendre depuis un moment maintenant.

— Je ne sais pas comment se porte le marché aujourd'hui ni comment il le sera demain, dit Doreen, mais ça pourrait être une bonne idée. De plus, avec toutes ces antiquités dans la maison, cela pourra vous rapporter de l'argent, selon ce qui se passe dans votre vie. Vous pourriez toujours considérer d'autres options, comme l'endroit où vit Nan.

Il opina du chef.

— Rosemoor ? Je ne me vois pas là-bas… Nan a résisté jusqu'à présent, dit-il avant de s'adresser ostensiblement à Doreen. Et pour être honnête, elle a déménagé à cause de vous, Doreen.

— J'étais prête ! prétexta Nan.

— Ouais, mais tu n'y aurais pas réfléchi si elle n'avait pas eu besoin d'un foyer, insista-t-il.

— Je n'aurais jamais laissé Nan souffrir pour ce qu'elle a fait pour moi.

— Tout va bien, répondit gentiment Nan. Je n'ai pas besoin de cet argent.

— Je sais que non, dit Doreen en lui souriant. Et si c'était le cas, je voudrais que tu me le dises.

— Évidemment, mon enfant. Je t'ai aidée et tu peux m'aider.

Mais l'attitude désinvolte de Nan prouvait qu'elle ne demanderait jamais d'aide si elle en venait à cette situation.

— Nous gérerons ce qui arrivera quand et si ça arrive, dit Doreen.

— Je n'aurai pas besoin d'aide. J'ai investi suffisamment d'argent pour ne pas avoir à m'en faire.

— Et puis, la question qui se pose, c'est si tu me dirais honnêtement que tu as besoin d'aide, marmonna Doreen en soupirant.

Nan lui offrit un sourire radieux.

— Tu sais que j'ai encore mes bijoux. Je possède toutes sortes de choses.

— Arf, ne me parle pas de bijoux, souffla Doreen. Apparemment, je dois également m'occuper de la collection de bijoux de mon ex.

Les yeux de Nan s'illuminèrent.

— Oooh, ce sera très amusant !

Doreen secoua la tête.

— Non, ça ne sera pas amusant. La seule chose que je souhaite, s'il est toujours là, ce qui serait étonnant puisqu'il a tenté de me forcer à m'en débarrasser, serait le collier de ta grand-mère.

— Oh ! s'exclama Nan en posant une main sur son cœur. Je l'avais oublié… Je te l'ai donné, il y a vraiment très longtemps.

— Oui et Mathew ne l'aimait pas, confia-t-elle, de ce même ton fataliste qu'elle prenait quand il était sujet de lui dans les conversations.

Elle revint d'elle-même à leurs moutons.

— Bon, revenons-en à notre histoire. Quel est le nom de ce mec, déjà ?

— Hmm, Pengo ou Potter, quelque chose, répondit

Jimmy, mais je ne connais pas son nom de famille.

Doreen sortit son petit calepin et l'écrivit rapidement. Thaddeus décida de se montrer et dit : « Thaddeus et là. Thaddeus est là. »

— Oh ça alors ! Un oiseau ! s'exclama Jimmy en bondissant presque de sa chaise.

Doreen s'expliqua :

— Thaddeus était l'animal de compagnie de Nan, tout comme le chat. Maintenant, je m'occupe d'eux.

Jimmy hocha la tête tandis qu'il se ressaisissait, avant de désigner son carnet.

— Voyez ça, dit-il avec admiration. Vous êtes venue préparée.

— C'est un réflexe que vous ne mettez pas longtemps à avoir quand vous faites ce genre de boulot, précisa Doreen. Ces détails s'oublient bien trop rapidement.

Il la regarda puis lui sourit. Elle poussa un soupir.

— C'est ce que je fais et le moyen que j'ai trouvé pour ne pas le faire.

— Content d'entendre ça, répondit Jimmy. Votre grand-mère a eu un énorme impact sur ma vie, alors je suis ravi de voir sa petite-fille prendre le relais.

— Oh, je ne crois pas, dit Doreen.

— Oula, non, dit Nan.

Doreen comme Nan avaient parlé en même temps. Alors, elles échangèrent un regard puis éclatèrent de rire.

— Bref, reprit Doreen sans quitter Nan des yeux. Allons-y. Je dois te ramener avant que tu ne rates le dîner.

Nan leva la main pour faire signe à Jimmy.

— Avant, ça ne me dérangeait pas du tout de louper le dîner, confia Nan. Mais maintenant que nous avons une très bonne cuisinière, la bouffe est super.

— Ah oui ? s'intéressa Jimmy avec mélancolie. Je vais sans doute m'ouvrir une boîte de pâté de jambon et me faire un sandwich.

Quand Nan le dévisagea, horrifiée, il haussa les épaules.

— Tu sais ce que c'est. Tu fais des choix et tu apprends à vivre avec.

Doreen ne voulait pas se mêler de ça, mais elle pouvait voir que Nan commençait à apprécier cet homme.

— On y va, Nan. N'oublie pas que Jethro et Richie attendent.

Elle la regarda avec un air confus un moment puis accepta.

— Jethro et Richie sont tous les deux venus en maison de retraite et le vivent très bien. Tu devrais y réfléchir aussi, Jimmy, lui suggéra Nan avant de lui faire signe pour lui dire au revoir et de suivre Doreen, qui avait le carton dans les bras.

Tout en faisant monter les animaux dans la voiture, Nan déclara :

— Tu es très douée pour choisir qui tu aides et qui tu n'aides pas.

— Je n'essaie pas, répondit Doreen, mais la dernière chose dont tu as besoin, c'est d'avoir d'autres petits amis. Deux à la fois, ça ne suffit pas ?

— Jimmy et moi avons un petit vécu…, confia Nan, une note amusée dans sa voix.

— Je l'ai pigé, marmonna Doreen. Le problème, c'est que tu sembles avoir un historique conséquent avec un tas de gens.

Comme Nan n'éprouvait pas la moindre honte et ne fit que battre des cils d'une façon comique, Doreen éclata de rire.

— J'ai pigé, dit-elle en levant les yeux au ciel. Tu as profité de la vie.

— J'ai effectivement profité de la vie et je le fais encore, confirma Nan avec le sourire. Tu dois profiter un peu plus de la tienne.

— J'y viens, Nan. Vraiment, j'y viens.

— Je sais bien, mon enfant, et je ne voulais pas t'embêter, dit Nan, en posant pourtant sur sa petite-fille un regard dur. Mais je m'inquiète quand même.

— Tu n'as pas à t'inquiéter, murmura Doreen en lui jetant un coup d'œil.

— Tu dis ça, mais pour moi, c'est un tout autre son de cloche. Tu es ma seule famille et je veux être sûre que tout ira bien pour toi à l'avenir.

Chapitre 10

DOREEN SE RÉVEILLA le matin suivant, avide de se mettre sur la piste de ce Potter ou Pengo, supposé avoir commis le cambriolage pour lequel Brandon avait fait de la prison. Le fait que celui-ci était désormais mort, tué par balle tandis qu'il conduisait son semi-remorque, piquait son intérêt. Elle commença par faire une demande de dossiers auprès des archives publiques. Puis elle y réfléchit un moment et, soucieuse, prit son téléphone et appela Mack.

— Quoi de neuf ? s'enquit-il, distrait.

— Tu peux sortir les vieux dossiers de Brandon, s'il te plaît ?

Il y eut un silence pendant un temps et elle se tint prête.

— Pourquoi ? questionna-t-il prudemment.

— Premièrement, nous savons qu'il est mort et c'est vraiment regrettable. Deuxièmement, nous savons qu'il a été assassiné, ce qui est encore plus regrettable. Troisièmement, apparemment, il rabâchait au sujet d'une affaire plus ancienne – un *cold case*, j'ajouterais – pour laquelle il a fait de la prison mais il clamait continuellement qu'il était innocent.

— Sérieux ? fit Mack tout en soupirant.

— Ouais, sérieux.

Elle rayonnait, ayant réussi à trouver un moyen de prendre part à l'enquête en cours de Mack.

— Donc, ce que tu me dis, c'est que parce que Brandon a demandé une révision concernant un dossier, c'est un truc sur lequel tu peux enquêter ?

Elle ne pipa mot, attendant seulement qu'il continue.

— Laisse-moi jeter un œil là-dessus et je reviendrai vers toi.

Puis il mit promptement fin à l'appel.

Ce n'était pas exactement la réponse qu'elle espérait, mais il ne lui avait pas dit de ne pas s'en mêler, alors c'était positif. Elle ne devait pas oublier que ce qu'elle faisait, c'était techniquement de toujours frôler les limites de leur accord. Un accord qu'elle avait l'intention de respecter pleinement si elle le pouvait, mais elle était quand même partante pour échapper au règlement, parfois.

Bien entendu, s'il se passait quelque chose ici qui devait être dénoué, elle était parfaitement capable d'éviter les ennuis quand il le fallait. Toutefois, elle ne voulait pas énerver inutilement Mack. Elle ne voulait sûrement pas de ça entre eux, alors elle endurait souvent cette attente qui précédait une phase où il changeait d'avis, jusqu'à ce qu'il voie les choses de son côté de la barrière.

Quand il la rappela un instant plus tard, il admit :

— Tu as raison. Il a effectivement ouvert un dossier avec l'aide du groupe de défense des libertés, demandant à être disculpé et disant qu'il était innocent pour l'une de ces accusations. Ils ont refusé de s'y intéresser, confia Mack, car il a plaidé coupable à toutes les autres.

— Alors il a bien fait de la prison pour les autres charges mais aussi pour cette affaire en question. Malgré tout, il est resté catégorique, il ne l'a jamais fait.

— Et ? fit Mack, curieux. Quel est l'intérêt de rouvrir ce dossier s'il ne reste personne pour prouver qu'il est innocent ?

— Quelqu'un est potentiellement coupable d'un crime et continue de se promener librement, souligna Doreen. Je comprends que toute cette culpabilité n'est pas une préoccupation pour toi, mais ça en est une pour moi.

Mack grommela.

— Bref, j'ai sorti le dossier et je t'envoie les éléments que je peux te montrer en ce moment.

— Tu aurais pu m'envoyer l'intégralité, protesta-t-elle. Brandon est décédé et ce n'est pas comme si je pouvais solliciter sa permission. J'ai déjà un carton rempli de trucs.

— Comment ça, tu as un carton ? demanda Mack d'un ton plus tranchant.

— J'ai un carton que j'ai eu de son associé qui se trouve être…

Elle hésita puis poussa un soupir.

— Que Dieu me vienne en aide pour dire ça et Dieu sait que ce sont des mots que je n'aurais jamais pensé prononcer, mais je l'ai reçu d'un ancien amour de Nan.

— Bon Dieu, encore un ?! s'exclama-t-il.

— Apparemment, c'était une fille populaire en son temps, plaisanta Doreen.

— Bon, marmonna Mack. Okay, alors ce carton, que contient-il ?

— Il s'y trouve, selon Jimmy, l'information sur le gars qui a réellement commis ce cambriolage en question.

— Dans ce cas, je vais devoir le voir, non ? demanda-t-il allègrement.

— Ce qui explique pourquoi je suis en train de tout scanner, pour pouvoir te l'envoyer.

— Tu me l'enverrais vraiment ? s'enquit-il sur le ton de l'humour.

— Bien sûr ! Mais il est possible que je me sois un peu restreinte.

— Ouais, alors pourquoi j'imagine que ta définition de « un peu » est différente de la mienne ? fit-il en reniflant.

— Oh, ne sois pas bête. J'ai presque terminé et je peux l'envoyer très bientôt.

Elle se chargea des dernières pages tout en discutant avec lui, espérant qu'il lui communiquerait quelques infos sur l'affaire en cours, mais, bien évidemment, Mack étant ce qu'il était, il ne lui donna rien du tout.

— Okay, j'ai tout terminé. Je n'aurai plus qu'à t'envoyer le tout par e-mail.

Elle lui transféra rapidement les fichiers scannés, plutôt fière de sa constante amélioration en matière d'électronique.

— Je crois que c'est bon, mais il pourrait y avoir d'autres trucs dans le carton. Pendant ma fouille, je t'enverrai ce que je trouve.

— Fais cela. S'il te plaît, ajouta-t-il ensuite.

Puis il raccrocha aussitôt.

Elle se demanda s'il n'avait pas fait ça trop vite… Elle voulait le rappeler et lui demander ce qu'il tentait de lui cacher mais se disait que ça ne l'aiderait pas vraiment. Peu de temps après, elle se versa une tasse de café et alla dehors pour profiter de la vue. C'était une belle journée, en tout cas elle espérait qu'elle le soit. Puis, Nan lui téléphona.

— Qu'as-tu trouvé ? la questionna-t-elle.

— Rien encore. J'examine toujours le carton. J'ai scanné un paquet de trucs et les ai envoyés à Mack.

— Oh, oui, bien sûr, commenta Nan avec l'air de s'y connaître. Nous devons tenir Mack au courant, n'est-ce pas ?

— Si nous voulons continuer de pouvoir interférer dans ses affaires, alors oui. Sinon, nous n'irons pas bien loin.

— Ce n'est pas que nous voulons continuer d'interférer, dit joyeusement Nan, c'est plutôt une question d'avancer dans cette histoire.

Doreen soupira.

— Je ne suis pas certaine que tout le monde serait d'accord avec toi…

— Bien sûr que non, marmonna Nan. Je crois que je vais essayer de le faire venir ici.

— Qui ?

— Jimmy, voyons ! Tu te souviens que nous lui en avons brièvement parlé ?

— En effet, grommela Doreen, se souvenant du comportement de Nan en sa présence. Et tu crois qu'il serait plus heureux là-bas ou qu'il ferait du grabuge ?

Au bout d'une pause silencieuse, Nan répondit :

— Les deux, sans aucun doute. Mais je continue de penser que c'est mieux pour lui.

— Ce pourrait bien être mieux pour lui, du moment que tu as conscience des potentielles conséquences.

— Oui, même si ce n'est pas mon problème, déclara Nan avec effronterie.

— Si tu le dis.

Doreen faillit pousser un fort grognement en songeant au coureur de jupons que tout le monde craignait de voir charmer toutes les femmes de la maison de retraite.

— Il n'a pas besoin d'être seul et plein de gens sont là pour qu'il se sociabilise, dit Nan.

— Je ne vais pas te contredire, Nan. Je te suggère d'essayer de l'appeler pour voir s'il est intéressé par Rosemoor, tout d'abord.

— Je l'ai déjà fait et il va venir jeter un œil. Il admet que c'est uniquement parce que j'ai dit qu'on y mangeait bien qu'il prend la peine de l'envisager. Il a eu tendance à éviter les maisons de retraite toutes ces années…

— Je pense que pour certaines personnes, à un certain stade de leur vie, c'est apparemment une très bonne option.

— Tout à fait, et je crois que cela s'appliquerait à son cas également.

— Si tu le dis, marmonna Doreen.

— Je te laisse travailler maintenant. Je l'attendrai devant, puisqu'il est déjà en route.

— Déjà ? s'étonna Doreen.

— Oui… déjà. Il n'y a absolument aucun intérêt à patienter quand tu as notre âge.

Il y avait quelque chose dans sa manière de le dire qui fit écarquiller les yeux de Doreen.

— Tu ne parles pas de…

— Peu importe, la coupa Nan. Je ne vais pas t'embêter avec les détails.

Puis elle raccrocha rapidement.

— Bon sang, Nan. Qui aurait pensé que tu serais une telle épreuve à cette étape de ta vie ? grommela Doreen, le regard perdu au loin.

Qui aurait cru que la vie dans une résidence pour séniors fourmillerait tant de toutes ces activités clandestines ? Et pourtant, ils semblaient tous être parfaitement heureux et en bonne santé, optant pour la voie de leur choix. Il était difficile d'aller à l'encontre de ça, surtout qu'en vérité, Nan était souvent au premier plan lorsqu'il y avait du grabuge là-bas. Tant qu'elle pouvait continuer de se sentir bien et ne pas empiéter sur les platebandes des autres, Doreen ne devrait plus avoir à gérer de problèmes à Rosemoor. Mais avec Nan, ce n'était jamais une chose facile à faire.

Chapitre 11

CELA PRIT UN peu de temps, mais Doreen finit par trouver un numéro du Freedom Project et, armée des données qu'elle avait obtenues jusque-là, elle les contacta afin de découvrir pourquoi la requête de Brandon avait été rejetée.

Quand la femme au bout du fil, Lucy, comprit que Doreen n'avait aucune autorisation légale de poser toutes ces questions, elle ne se montra pas très coopérative. Doreen la poussa alors un peu.

— Mais en fait, votre projet existe bel et bien, et pas uniquement pour les avocats, plaida Doreen. Vous êtes là pour quiconque a été injustement traité. N'est-ce pas exact ?

— Oui, bien sûr que oui, répondit Lucy. Cependant, nous manquons vraiment de temps et de main-d'œuvre, alors nous devons mobiliser notre énergie en priorité sur les cas qui ont une sérieuse chance de gagner. Je n'en dirai pas plus à ce sujet.

— Ah, donc pas nécessairement les cas auxquels vous croyez ou non, mais ceux qui ont la meilleure chance de survivre au système légal…

— Quelque chose comme ça, oui. Et puis nous sommes

au courant que Brandon est aujourd'hui décédé.

— Oui, c'est exact. Je me demandais juste jusqu'où étaient allées ses requêtes.

— Nulle part, déclara fermement Lucy. Nous avons étudié sa réclamation et ça aurait pu être un sujet pour lequel nous aurions pu agir, mais il a été reconnu coupable de plusieurs choses, ce qui n'a pas aidé son cas. Et maintenant, en sachant que Brandon n'est plus parmi nous, il n'y a définitivement plus aucun intérêt à ce qu'on poursuive.

— Comme ça, simplement ?

— Pas par manque de cœur, répondit Lucy d'un ton brusque. Et je sais que ça peut paraître insensible, mais c'est simplement dû à un manque de temps et d'énergie.

— Évidemment. Je comprends bien cela.

— Ce serait bien si plus de gens le faisaient, commenta tristement Lucy. Parce que franchement, un tas de personnes nous en veulent pour ces décisions. Ils n'ont aucune idée de tout notre investissement dans ces affaires. Maintenant, si nous avions l'argent, nous pourrions et ferions bien plus. Mais nous n'avons simplement pas ce genre de ressources.

— Donc c'est vraiment une question de financement ?

— Oui. C'est incontestablement un problème d'argent. Comme tout le monde, nous devons faire en fonction de nos moyens et cela se résume à des effectifs réduits, ce qui limite donc les affaires que nous pouvons prendre en charge. Alors, si à tout moment vous voulez faire un don, n'hésitez pas.

Doreen ayant mis fin à l'appel, elle observa le monde autour d'elle, réalisant qu'elle pourrait disposer de l'argent dont elle pourrait faire bon usage et faire un don au Freedom Project. Mais comment saurait-elle comment s'y prendre sans tout faire capoter, en dépensant tout et perdant la sécurité financière dont elle devrait bénéficier ? Là encore, elle se rappela qu'elle devrait parler à Nick et Bernard de ces problématiques financières. Elle l'ajouta à son bloc-notes pour se souvenir de s'en occuper plus tard.

Elle rejeta tout ça dans un recoin de sa tête, son téléphone s'étant mis à vibrer. C'était le frère de Mack.

— Coucou, la salua Nick. J'ai essayé d'appeler plus tôt mais la ligne a été occupée un moment.

— Ouais, une journée chargée.

— Ce que je n'ai jamais compris, commenta-t-il en marmonnant. Comment ça se fait que tu sois toujours aussi occupée ?

— Tu serais surpris…

— Qui appelais-tu cette fois ? demanda-t-il, curieux.

— Le Freedom Project, tu connais ? Ces personnes qui aident ceux qui ont été incarcérés à tort à sortir de prison ?

Après un moment de silence, Nick l'interrogea :

— Tu es sur une autre enquête ?

— En quelque sorte. Peut-être, peut-être pas. Je m'ennuie juste.

— Tu t'ennuies ? répéta-t-il, étonné.

— Oui… je m'ennuie. Et ça, c'est visiblement un truc que personne ne comprend vraiment.

— Je peux comprendre en théorie. Cela dit, c'est une chose dont je n'ai typiquement pas fait l'expérience.

— Tu veux dire que tu ne t'ennuies jamais ?

— Je veux dire que je n'ai jamais eu l'occasion de m'ennuyer. En étant un avocat, il y a toujours énormément de boulot à accomplir. Nous vivons dans un monde vraiment litigieux ! dit-il en plaisantant. Alors, l'ennui n'est pas une chose dont je fais l'expérience avec mon planning. Un tas d'autres trucs, oui, mais l'ennui, jamais.

— Et je suppose que c'est juste, marmonna Doreen. Enfin, ce n'est pas comme si nous avions tous la chance de faire les choses comme nous le voulions.

— *Oh oh…* On dirait que tu pars encore en croisade.

— Non, non, ce n'est pas le cas… Enfin, peut-être que si.

Et Nick éclata de rire.

— Mack est au courant ?

— Possible… En parlant de lui, tu te souviens de cette collection de montres dont nous avons parlé ? Tu sais, celle qu'avait Mathew ?

— Ouais ?

— Tu crois que Mack aimerait une nouvelle montre pour Noël ? Si je pouvais en avoir une de la collection de Mathew ?

Nick marqua une pause.

— Je sais que Mack adorerait une nouvelle montre pour Noël. Il a évoqué une paire de fois avoir besoin d'une nouvelle montre.

— Très bien. Le truc, c'est que je ne sais pas si l'une des montres de Mathew ferait l'affaire. Mathew ne les portait pas beaucoup. De plus, ce serait la montre de Mathew et ce sera peut-être un refus radical pour Mack.

— C'était quel genre de montres ?

— Je ne sais pas vraiment, mais je me souviens bien d'une qu'il a achetée… Il a dépensé un prix monstrueux pour elle, mais il en était très content.

— Qu'est-ce que tu considères comme monstrueux niveau prix ? Je veux dire, tu as considéré mille dollars comme un prix monstrueux de nombreuses fois depuis qu'on se connaît.

— Je crois qu'il a dépensé cent soixante-quinze mille dollars rien que pour cette montre, marmonna-t-elle.

Il y eut un silence absolu à l'autre bout du fil.

— Doreen, il faut vraiment que nous ayons une comptabilité complète de tout ce qu'il y a chez lui, genre, aujourd'hui. Tu es sûre de ne pas vouloir prendre un vol jusqu'ici et tout fouiller ? Je pense désormais que je devrais sans doute m'y rendre en personne également.

— Seulement si tu estimes que nous devons le faire. Je veux dire, je ne sais pas vraiment si c'est beaucoup pour une montre ou pas… J'ai bien fait une rapide recherche sur Google et elles vont de vingt dollars sur eBay à des centaines de milliers de dollars.

— Exact, répondit Nick. Mais ce que je peux te dire, c'est que quand Mack parle d'une montre, il parle d'une montre qu'il pourrait porter.

— Et pourquoi ne porterait-il pas celles de Mathew ? s'enquit Doreen, perplexe. Quel est l'intérêt de dépenser cette quantité d'argent si ce n'est même pas pour une montre qu'on peut porter ?

Nick rit.

— Tu pourrais certainement la porter.

Elle était plus confuse encore.

— Mais c'est ce que je demande ! dit-elle, exaspérée. Pourquoi tout est si compliqué ?

— Ça ne l'est pas intentionnellement, répondit-il, rieur. C'est juste que certaines choses se font plus compliquées que ce à quoi on s'attend.

Doreen fixa son téléphone.

— Tu veux dire que *je* rends ça plus compliqué, c'est ce que tu dis ?

Il laissa alors son rire exploser.

— Non, je ne voulais absolument pas dire ça. Ce que je dis, c'est que parfois, tu as des bagues que tu peux porter n'importe quand et puis tu as celles qui ont tellement de valeur que tu ne veux pas les porter au cas où elles seraient abîmées ou volées.

— Oh…, dit Doreen et cette pensée continua de tourbillonner dans son esprit. Alors tu crois que ces montres de mon ex auront trop de valeur pour être portées ? Ce qui veut dire que ce n'est pas un prix normal pour une montre, c'est bien ça que tu dis ?

— Ouais, c'est exactement ce que je dis. Je ne dis pas que Mack n'apprécierait pas, mais ce ne sera pas un truc qu'il pourra utiliser quotidiennement sans avoir à s'inquiéter.

— Aucun intérêt d'avoir une montre s'il ne la porte pas. Je veux juste qu'il ait quelque chose qu'il puisse aimer et utiliser.

— Alors pourquoi n'optes-tu pas pour quelque chose qui reste une bonne montre mais qui vaut bien moins cher ? lui suggéra-t-il avant de citer quelques marques qu'elle ne connaissait pas.

— Attends. Donne-moi le temps de les écrire. Et est-ce qu'on en vend en ville ?

— Bien sûr et c'est une bonne idée. Si tu en trouves dans un commerce local, tu auras une garantie et tu pourras espérer leur faire confiance pour prendre soin de la montre et faire en sorte qu'elle continue de bien fonctionner.

— D'accord, alors peut-être me rendrai-je chez des bijoutiers.

— Tu n'en connais pas en ville ?

— Si, j'en connais… Seulement, je ne suis pas certaine qu'ils soient contents de me voir.

Un rire étranglé se fit d'abord entendre.

— Tu sais que ce genre de problèmes arrivera toujours avec ta tendance à envoyer les gens derrière les barreaux, n'est-ce pas ?

— Je connais une personne qui pourrait m'aider. Tu te souviens du gars qui a fait une estimation des bijoux de ta mère ?

— D'accord, donc, en résumé, tu as quelqu'un à qui tu peux t'adresser. Précise juste que tu offres à Mack une montre qu'il peut porter tous les jours.

— Contrairement à… ? demanda Doreen, confuse.

— Contrairement à une montre qu'il sortirait pour l'admirer de temps en temps sans jamais la porter.

— Mais ce serait inutile !

— Exactement, et c'est ce que je dis. Trouve quelque chose d'utile. Cela conviendra davantage à Mack.

Chapitre 12

*T*ROUVER QUELQUE CHOSE *d'utile ?* Les mots tourbillonneraient dans un recoin de son esprit jusqu'à ce qu'elle trouve un moyen de progresser. Maintenant que ses coups de fil étaient passés, elle entama la recherche de bonnes montres destinées aux hommes actifs. Elle se sentit tellement mieux quand elle comprit que le prix était proportionnel au salaire d'un ouvrier. Elle se disait que Mack pourrait apprécier une montre plus sophistiquée, mais elle craignait que cela fasse ressurgir une chose à laquelle elle n'avait même pas pensé, qui était désormais l'importante différence d'argent dont ils disposaient chacun ou qu'elle aurait quand il finirait par arriver sur son compte.

Elle n'était même pas sûre de quand cela arriverait. Et pourtant, il semblait que cela finirait par se produire et que par conséquent, ça pourrait inciter Mack à réfléchir à deux fois quant à avoir une relation avec elle. Elle n'en serait absolument pas heureuse… Elle donnait l'impression que beaucoup de choses ne la rendraient pas heureuse et elle ne le pensait pas. Vraiment pas. Il y avait tellement de bonnes choses dans sa vie ces jours-ci ! Et l'argent n'avait pas d'importance, mais ayant connu le manque, elle ne voulait pas revivre cette situation si elle pouvait l'éviter. Elle savait que Mack serait totalement d'accord. Alors la dernière chose qu'elle souhaitait faire serait de lui offrir un cadeau qui mettrait en lumière ce qu'il n'avait pas.

S'interrogeant justement sur ce qu'elle était censée faire à ce sujet, elle contacta le bijoutier de la ville, celui avec qui elle avait eu l'occasion de travailler, et lui demanda s'ils avaient de bonnes montres pour un homme actif.

Sur un ton teinté d'humour, il répondit :

— Bien sûr, Doreen. Passez et jetons un œil, pour voir ce que vous appelez une montre pour homme actif.

Elle grimaça, sentant un piège se refermer sur elle.

— Je sous-entends simplement une montre que Mack porterait au quotidien, expliqua-t-elle, et pas une qui lui donnerait le sentiment de ne pas pouvoir la mettre à son poignet.

— Je vois, dit-il, et elle perçut l'amusement dans sa voix. Nous avons une large sélection de montres, alors venez y jeter un œil. Nous verrons ce que Mack aimerait.

— Comment pouvez-vous savoir ça ? Vous avez vu la montre qu'il porte ?

— Oui, le bracelet a été réparé plein de fois et il m'a dit qu'il n'y avait aucun intérêt à faire plus que ça car il ne cesserait de l'abîmer à cause de son boulot et c'était une très bonne remarque. Il nous faut quelque chose qu'il peut mettre et porter chaque jour sans s'inquiéter qu'elle soit cabossée ou rayée.

— Ou même arrachée parce qu'il l'aura accrochée à une clôture ou autre, ajouta Doreen. C'est qu'il travaille vraiment dur et pourrait être brutal avec sa montre, mais il doit quand même savoir s'il est à l'heure ou pas.

— Très bien.

Et une fois de plus, elle décela l'amusement dans la voix du bijoutier.

— J'ai l'air stupide avec cette histoire, non ? lui demanda-t-elle. Je dois vous avouer que je n'ai jamais réellement fêté Noël et je ne sais pas vraiment ce que je suis supposée faire dans tout ça, mais j'ai l'impression que je suis censée faire quelque chose.

— C'est plus une question de faire une chose car vous *voulez* la faire, répondit-il gentiment.

— Je veux faire quelque chose, mais je ne sais pas comment on décide ça, marmonna-t-elle.

— Je vous conseille de venir et nous jetterons un œil. Nous verrons si quelque chose vous plaît qui, selon vous, plairait aussi à Mack. Et puis vous pouvez amener les animaux avec vous. Nous ne les avons pas vus depuis un moment.

— Oh, répondit-elle en baissant les yeux vers Mugs qui était vautré à ses pieds. Ça me paraît chouette.

— Alors, venez. Je vais préparer la théière.

Et il raccrocha.

Doreen geignit tout en regardant ses animaux.

— Apparemment, tout le monde a l'air de croire que je ne fais rien d'autre que boire du thé.

Ce n'était pas qu'elle ne faisait rien d'autre que boire du thé, mais plus le fait que tout le monde semblait boire du thé et supposait qu'elle aussi. Mais il fallait profiter du présent et elle devait résoudre le problème du cadeau de Mack sans tarder afin de cesser de s'en inquiéter.

Elle prépara en vitesse les animaux et conduisit jusqu'à la boutique de bijoux. Alors qu'elle y entrait, Thaddeus se mit immédiatement à agiter ses ailes et roucouler « Thaddeus est là. Thaddeus est là ».

Le bijoutier – qui s'appelait Danny – s'approcha pour lui dire bonjour.

— Hé, Thaddeus ! Je ne t'avais pas vu depuis un moment, mon ami !

Thaddeus ricana. « Hé hé hé hé ! » et il le fit plusieurs fois, faisant rire Danny également.

Quand ils eurent enfin terminé de se saluer, l'homme s'adressa à Doreen :

— Bon, alors vous pensez offrir à Mack une nouvelle montre pour Noël ?

— Je pensais que c'était une idée de cadeau que je pourrais avoir, expliqua-t-elle, sans trop savoir à quoi s'attendre ici. Il a vraiment l'esprit pratique et il n'est pas trop porté sur les dépenses inutiles. Mais j'ignore s'il a déjà eu une montre chic auparavant.

— Pour le moment, peut-être devrions-nous nous concentrer sur une montre qu'il apprécierait pour son côté pratique, selon vous. Ce sera plus facile de franchir l'étape un autre jour.

— D'accord, dit-elle, jetant un œil aux montres disposées près d'elle, avant de hausser les sourcils. Celles-ci sont assez luxueuses.

— Certaines le sont, d'autres non, expliqua Danny. Nous avons ici un large éventail de prix de vente. Tout comme les femmes portent des bracelets, les hommes portent des montres.

— Oh, ça a bien plus de sens. Mon mari possédait une énorme collection de montres.

— Et vous pensez offrir l'une d'elles à Mack pour Noël ?

— Je pourrais y songer, excepté que je ne suis vraiment pas sûre qu'il s'agisse de montres qu'il porterait.

— Et pourquoi cela ? demanda le bijoutier, curieux.

Elle le regarda et fit la moue.

— Je crois que mon mari a déboursé des centaines de milliers de dollars pour elles.

Il l'observa en clignant des yeux plusieurs fois puis hocha la tête.

— C'est un très bon argument. Je ne suis pas certain que ce soit ce que je cherche vraiment pour Mack. Mais ça ne veut pas dire qu'il ne pourrait pas avoir deux montres. Mais si vous avez ce genre de montre chez vous, ce n'est pas de celles qu'il pourrait porter au travail.

— C'est le problème, souligna Doreen. Je veux vraiment qu'il ait quelque chose dont il puisse se servir et pas juste la garder rangée comme mon défunt mari le faisait.

— En avait-il vraiment beaucoup ?

— Des tas ! Mais je n'en sais pas vraiment plus. Nous en faisons le compte en ce moment.

— Bien. Il est décédé depuis, c'est ça ?

— Oui, en effet, et j'hérite de sa succession, ce qui veut dire des montres également.

— Bien entendu, répondit-il en opinant du chef. Si vous décidez de les vendre, je serais heureux d'y jeter un œil.

— Et je devrai probablement le faire, dit-elle en roulant des yeux. J'ignore réellement ce qui se trouve encore là-bas, alors gardez cette idée en tête encore un peu plus longtemps.

— Vous savez, Doreen, c'est une chose à considérer sérieusement. S'il a payé autant, certaines de ces montres pourraient être des objets de collection.

Doreen fit la grimace.

— Avec ma veine, elles le seront, dit-elle et comme il la regarda d'un air ébahi, elle soupira. Je sais, je donne l'impression d'être très ingrate et je ne le suis absolument pas, précisa-t-elle en levant une main. C'est juste que… une fois de plus, c'est un domaine qui ne m'est pas familier. Alors je ne sais pas trop ce que je devrais faire ou comment je devrais gérer ça.

— C'est pourquoi on engage des professionnels pour s'en charger, dit-il avec un sourire bienveillant. Vous faites tout ce qu'il faut. Vous devez juste vous donner du temps pour que ça marche.

— *Très bien*, grommela-t-elle.

— Et maintenant, concentrons-nous sur Mack et sur une montre qu'il pourra porter au travail. Vous savez de quelle couleur est la sienne ?

— Argentée.

Il hocha la tête.

— Elles le sont en majeure partie. Vous savez de quelle couleur est le bracelet ?

— Argenté… mais je n'en suis pas sûre. Mais je crois que c'est argenté. Honnêtement, je ne sais pas si c'est comme ça d'origine ou si c'est à force d'être porté. Désormais, ça lui irrite également le poignet, alors peu importe le revêtement concerné, il est parti depuis longtemps.

— A-t-il déjà évoqué ce qu'il aimait dans une montre ?

Elle fit non de la tête.

— C'est l'une des raisons pour lesquelles je ne sais même pas si je devrais rechercher une montre. Je veux dire, franchement, tout cela me paraît juste très périlleux.

— Et ce n'est pas grave, ça non plus, lui dit Danny. Dans votre cas, votre achat pourra être ramené et échangé, s'il ne l'aime pas.

— Oh ! dit-elle, ravie. Ce serait judicieux.

— De ce fait, vous n'êtes pas prise au piège d'une mauvaise décision.

— Non, je le suis encore, rectifia-t-elle, mais lui n'est pas pris au piège avec l'obligation d'aimer ma mauvaise décision.

Danny partit dans un éclat de rire à la suite de ce raisonnement.

— D'accord, je m'en accommoderai également.

Cela prit un peu de temps, mais elle trouva une montre qui, selon elle, plairait vraiment à Mack. Quand elle eut utilisé sa carte de crédit, serrant son achat dans sa main, elle se sentait super fière d'elle.

Alors qu'elle était sur le point de s'en aller, Danny ajouta :

— Et si vous avez besoin de quelqu'un pour examiner ces montres de votre mari, dites-le-moi.

— J'y penserai. Ça nécessite une sacrée paire de manches et je ne suis même pas certaine de les avoir pour l'instant.

Le bijoutier acquiesça.

— Certaines de ces choses exigent du temps, surtout quand il est question de décès. Ne vous précipitez pas. Mettez tout dans un coffre-fort ou rangez-les pour un temps, et vous pourrez toujours décider de la suite plus tard.

Elle le remercia pour sa considération et avec les animaux derrière elle, elle se dirigea vers à la porte. Puis elle s'arrêta.

— Vous connaissiez Brandon Phelps ?

Il plissa le front tout en la regardant.

— Je ne pense pas. Pourquoi ?

— C'était le gars qui a perdu la vie dans un accident de semi-remorque la semaine dernière.

Il secoua la tête.

— Ce n'est pas un nom que je connais, mais mes condoléances à la famille. C'est la mauvaise période de l'année pour perdre quelqu'un.

— En effet, ça fend encore plus le cœur quand c'est à la

période de Noël.

Il opina du chef.

— Il connaissait quelqu'un prénommé Pengo ou Potter, ou un nom étrange, ajouta-t-elle, les sourcils froncés.

— Oh, lui ! répondit Danny en grimaçant. Oui, ce n'est pas une personne que je souhaite avoir dans ma boutique. Je n'ai aucune preuve, mais je suis quasi certain qu'il m'a volé autrefois. C'est en partie pour ça que j'ai amélioré le système de sécurité.

— Ah, ça prend tout son sens. Apparemment, Brandon a fait de la prison à cause d'un truc qu'aurait commis l'autre mec.

— Je ne serais pas du tout surpris si Pengo avait fait ça. Je ne le pense pas forcément dangereux, cela dit, ajouta-t-il rapidement. Il était juste obséquieux, vous voyez ? Un escroc.

— Ce n'est pas positif non plus, marmonna Doreen.

— Non, pas du tout, et ça anéantit pas mal de choses dans le monde du commerce, dit-il en souriant.

— C'est frustrant, se plaignit-elle. Je veux dire, les gens peuvent faire tellement de bien dans leur vie, et pourtant, que finissent-ils par faire ? Voler les gens qui essaient juste de gagner leur vie honnêtement. Vous avez croisé ce Pengo récemment ?

— Non, je ne crois pas, pas depuis très longtemps, lui déclara Danny tout en la scrutant curieusement. Est-ce une nouvelle enquête ?

— Tout le monde n'arrête pas de me demander ça, répondit-elle avec le sourire. Ce n'est pas vraiment une enquête. Je me disais juste à quel point c'était triste que Brandon soit mort avant que le Freedom Project n'accepte sa requête et l'aide à être disculpé.

— Si ça concernait quelque chose qu'il n'avait pas fait,

on pourrait penser qu'ils le feraient, même *in absentia.*

— Je leur ai parlé, mais ils disposent d'un effectif et de finances limités, alors ils doivent choisir les dossiers très attentivement. Ils étaient compatissants, naturellement, mais ce n'était pas quelque chose qu'ils pouvaient choisir d'eux-mêmes pour avancer. La secrétaire a souligné que des centaines de dossiers attendaient d'être traités. Une liste d'attente plutôt conséquente…

— Outch, dit Danny en frémissant. Je ne sais rien de spécifique sur l'homme en question. Je sais juste que ce Pengo n'est pas quelqu'un que je veux revoir dans les parages, ajouta-t-il avant de lever un doigt. Je pense que sa sœur, Miriam, travaille dans ce luxueux restaurant à côté des commerces de restauration, au centre commercial.

— Oh, voilà qui est intéressant, dit Doreen, se tournant pour le regarder.

— Oh non… Vous allez vous y rendre et lui parler, c'est ça ? demanda-t-il en riant.

— Probablement, oui. Je suppose que personne d'autre ne s'en intéresse, mais ça m'embête vraiment que ce Brandon soit mort et enterré et qu'il ait fait de la prison pour un cambriolage qu'il n'avait pas commis, et que personne ne le sache jamais.

— Sans parler du fait que l'autre gars s'en est sorti pour ce crime.

— Tout à fait ! dit-elle en hochant la tête, appréciant que Danny comprenne, lui, au moins. Je n'ai jamais vraiment été fan des gens qui s'en sortent, surtout en blâmant les autres pour ce qu'ils ont fait et en réussissant à s'en tirer.

— Oui ! C'est toujours ça, le pire. Je crois qu'elle possède même son propre restaurant, dit-il avant de marquer une pause et d'y réfléchir. Je ne me souviens pas du nom, mais c'est un joli restaurant, à côté de tous ces commerces alimentaires, devant lesquels on passe.

— Oh, je crois y être allée…

— C'est cher, donc…

— Dans ce cas, je n'y suis pas allée, se corrigea Doreen en roulant des yeux. Je n'ai pas fait beaucoup de shopping…

— Au moins, maintenant, vous pouvez envisager d'acheter ce dont vous avez besoin, une fois la succession de votre ex établie, fit-il remarquer.

— Peut-être, oui. Bref, merci pour votre aide.

Et tout sourire, elle lui fit signe et retourna à sa voiture avec ses animaux. Ils s'étaient étonnamment bien comportés pendant qu'elle se trouvait dans la boutique, mais elle n'était pas certaine de pouvoir compter sur leur coopération plus longtemps. Alors elle se rendit au parc non loin de là et laissa tout ce petit monde sortir et se promener un peu. Au mieux, cette pause les aiderait à garder leur calme lorsqu'elle ferait ses commissions.

Tandis qu'ils flânaient, elle remarqua que d'autres personnes se baladaient également. C'était une journée parfaite pour ça, froide mais revigorante.

Une femme lui sourit et se mit à rire en apercevant les animaux.

— Je ne vous avais jamais vue ici auparavant ! dit-elle, s'approchant après son propre chien.

Mugs et l'autre toutou se reniflèrent plusieurs fois et ensuite, presque d'un commun accord, semblèrent séparer leurs routes, comme si c'était déjà fini. Ils avaient eu leur conversation et passaient à autre chose.

Doreen s'en amusa.

— Je ne comprends pas trop comment ils déterminent à qui ils devraient parler plus longtemps et qui ignorer, mais on dirait bien qu'ils le font mutuellement.

— Je sais, confessa l'autre femme. J'ai essayé de comprendre mais j'ai fini par abandonner.

Doreen acquiesça.

— Renoncer à comprendre nos animaux est normal et pourtant, ma curiosité est intacte et elle me dit que je manque un détail, et que si je faisais un peu plus attention, je les comprendrais mieux.

— Si vous le dites ! répliqua la femme en riant. Plus j'essaie de comprendre, plus je m'embrouille !

Doreen continua d'observer les animaux faire leur balade, paraissant heureux d'en croiser d'autres tout comme les arbres et buissons qui semblaient attirer leur attention.

La femme regarda Doreen et lui demanda :

— Je vous connais ?

— Je ne crois pas, répondit Doreen, distraite, toujours focalisée sur ce restaurant chic du centre commercial dont Danny avait parlé.

Doreen sourit à la femme au chien.

— Je suis Doreen.

Le visage de la femme s'illumina.

— Oh, dans ce cas, je vous connais !

— Oh ? En bien ou en mal ?

La femme éclata de rire.

— En bien. J'ai surtout entendu parler des animaux, dit-elle avant de pivoter pour les regarder. Est-ce que ce sont ceux qui s'attirent constamment des ennuis ? demanda-t-elle, fascinée.

Doreen grimaça.

— Oui, ce sont eux, répondit-elle, maussade. Pas mal de gens n'aiment pas particulièrement me voir arriver car les animaux attirent les problèmes.

— Oh, mais vous agissez avec le cœur et vous aidez beaucoup de personnes en résolvant des enquêtes, fit-elle remarquer en souriant avant de regarder autour d'elles. Êtes-vous en train d'enquêter en ce moment ? murmura-t-elle comme si elle craignait qu'on ne l'entende.

Doreen fit de nouveau la moue.

— Non, je promène juste les animaux.

— D'accord.

Mais la femme conservait un sourire entendu.

Doreen se dit que cette dame allait sans doute rentrer chez elle et dire à ses amis qu'elle avait croisé Doreen et ses animaux.

— Franchement, je suis juste venue ici prendre un peu l'air.

— Bien, dit la femme sans cesser de sourire. C'est important, ça aussi.

Chapitre 13

DOREEN PENSAIT À cette étrange rencontre tout en continuant de se promener avec les animaux dans le parc. Certaines personnes avaient l'air très à l'aise en sa compagnie et celle de ses bêtes, tandis que pour d'autres, c'était l'opposé. Elle ne savait pas ce qu'elle avait fait ou ce qu'elle pourrait faire pour mettre les gens à l'aise, mais apparemment, parfois, elle le faisait. Et pourtant, d'autres fois, elle touchait une corde sensible et les gens prenaient la tangente, incapables de savoir quoi lui dire.

Elle revint à son véhicule et Mugs se mit à aboyer doucement derrière elle. Elle se tourna vers lui.

— Quel est le souci, mon grand ?

Comme elle ne savait pas si quelque chose n'allait vraiment pas, elle pensa qu'il souhaitait manger.

— Oh, manger, oui. Tu as senti l'odeur d'un restaurant non loin, hein ?

À cet instant, son propre estomac se mit à gargouiller. Doreen grogna donc.

— Nous pourrions nous rendre à l'épicerie du centre commercial et voir s'il y a des choses intéressantes…

Et puis elle voulait trouver le commerce de la sœur de

Pengo également.

Mugs recommença à aboyer.

— D'accord, le truc, c'est que tu es toujours heureux de me voir foncer vers les ennuis, mais Mack ne le sera pas vraiment si j'interfère dans son enquête actuelle, lui dit-elle, peu ravie.

Mugs aboya encore, comme s'il était totalement d'accord. Cependant, en ce qui la concernait, il convenait qu'elle s'en sortait bien, pas qu'elle ne devait pas se rendre au centre commercial.

Sourire aux lèvres, elle conduisit jusqu'au centre mais réalisa alors qu'elle ne pourrait pas emmener les animaux à l'intérieur d'un commerce alimentaire, à moins que le magasin dispose d'une zone pour manger en extérieur. Et effectivement, tandis qu'elle se garait sur le côté, elle vit qu'il y en avait bien une.

Elle sortit, regarda Mugs.

— Alors, tu veux aller là ?

Il tira sur sa laisse, pressé d'y entrer. Goliath se contentait de la fixer.

— Ta laisse est nécessaire. Autrement, tu devras rester dans la voiture.

Il se lamenta en miaulant et elle serait la première à dire qu'elle commençait à perdre la tête. Si c'était ce à quoi ça ressemblait, elle l'avait peut-être déjà perdue. Avec un grand sourire, elle mit Goliath en laisse et jucha Thaddeus sur son épaule avant de se diriger vers la porte d'entrée.

Elle l'ouvrit et pénétra à l'intérieur, et une femme se tourna vers elle et ses animaux, l'expression d'un dégoût total apparaissant sur son visage. Doreen hocha la tête.

— Je suppose que ça veut dire que nous ne sommes pas les bienvenus ici, n'est-ce pas ?

— Vous pouvez garantir qu'ils ne feront pas de dégâts ? lui demanda la femme.

— Ils ne l'ont encore jamais fait, déclara Doreen. Mais je peux comprendre parfaitement que cela ne vous mette pas à l'aise. Je cherchais une place dehors pour m'y installer, mais il fait froid.

— Je ne suis pas vraiment fan des animaux, admit la femme en les dévisageant, tâchant de masquer la répulsion dans sa voix mais échouant complètement.

— D'accord. Dans ce cas, nous pouvons partir. Je suis juste venue dans l'espoir de trouver une femme prénommée Miriam.

La femme la regarda avec un air renfrogné.

— Je suis Miriam.

— Oh ! Je me demandais simplement où se trouvait votre frère. J'essaie de mettre la main dessus.

Là, elle adopta une expression circonspecte.

— Pourquoi ?

— On m'a dit qu'il était la personne à qui je devais parler. Ça pose problème ?

Doreen tentait vraiment d'infuser suffisamment de ruse dans son ton pour que personne ne comprenne ce qu'elle avait en tête. Cela commençait à devenir un petit handicap d'avoir les animaux avec elle tout le temps, ou en tout cas d'être reconnue à cause d'eux, car elle se dévoilait en tant que détective.

Miriam hésita puis dit :

— Je crois qu'il travaille.

— Oh, et où travaille-t-il ?

Miriam haussa les épaules.

— Au magasin de location de matériel.

— D'accord. Une idée de quand il en sortira ? Je veux

vraiment lui parler.

Miriam fronça les sourcils.

— Je ne vois pas en quoi vous feriez affaire avec lui, mais il est assez occupé.

— Oui, j'en suis sûre. Mais ça ne change pas le fait que je dois lui parler.

Miriam la regardait d'un œil mauvais et Doreen lui sourit simplement.

— À moins que bien sûr, il y ait un problème ?

— Non, bien sûr que non, rétorqua brutalement Miriam, exaspérée. Ce n'est pas comme si vous m'aviez dit quoi que ce soit.

— Ce n'est pas comme si je le devais, cela dit, si ? s'enquit Doreen, dévisageant Miriam avec stupéfaction. C'est à votre frère que je dois parler.

Miriam finit par céder.

— Okay. Vous pouvez sans doute lui envoyer un message.

— Ce serait bien, mais je n'ai pas son numéro. Si vous pouviez me le transmettre, ce serait super.

Miriam paraissait gelée sur place et Doreen l'étudia alors attentivement.

— Je ne m'en prendrai pas à lui et je suis bien trop vieille pour courir après quelqu'un comme ça.

Cela fit rire Miriam.

— Vous plaisantez ? Il prendrait n'importe qui à ce stade. Il est célibataire depuis un moment. Une situation que je n'ai jamais vraiment comprise.

Doreen se contenta de hocher la tête, ignorant si cette femme allait lâcher le numéro de Pengo ou pas. Miriam finit par soupirer.

— Bref. Je ne suis pas sa nourrice, dit-elle et tout à coup, elle tendit le numéro de téléphone. S'il m'en veut, je rejette-rai simplement ma faute sur vos animaux.

— Oui, d'accord, répondit Doreen en souriant avant de la remercier et de sortir rapidement.

Parfois, les animaux aidaient, mais dans bien des cas, ils lui rendaient la vie encore plus difficile. Et pourtant, aujourd'hui, c'était une bonne journée. Elle retourna à son véhicule, rien que pour entendre Mugs pousser un hurlement irascible, et elle comprit qu'il avait cru que l'aire de restaura-tion faisait partie de la sortie.

— Désolée, mon grand. Je crois qu'il faut qu'on rentre à la maison.

Il poussa un autre hurlement et Doreen se fâcha.

— Je ne céderai pas face à ça, marmonna-t-elle. Aucune chance.

Il prit un air malheureux et elle soupira.

— Nous pouvons passer au drive, mais c'est tout.

La queue de Mugs se mit à remuer et elle réalisa quel genre de monstre elle avait créé. Il y avait quelques mois de cela, elle s'était arrêtée au drive d'un café. On lui avait demandé si elle voulait une petite friandise servie dans un gobelet pour son chien, une chose dont elle n'avait jamais entendu parler. Malheureusement, depuis, Mugs semblait croire qu'à chaque fois qu'ils se trouveraient en voiture, une friandise l'y attendrait.

— Je ne devrais pas te laisser t'en tirer là-dessus, grom-mela-t-elle, mais il l'avait sauvée tant de fois et était une telle bénédiction qu'il était vraiment difficile pour elle d'être intransigeante.

Ronchonne, elle se rendit au drive le plus proche et dès qu'elle y arriva, elle lui commanda une de ces friandises canines. Son estomac se remit direct à gargouiller et elle devint vraiment affamée. Alors elle choisit un sandwich pour elle. Conduisant jusque chez elle, elle s'en voulait.

— C'était complètement stupide. J'aurais pu me faire un sandwich à la maison.

Mugs fit un petit aboiement tout en reniflant le gobelet, essayant avidement de l'atteindre.

— Oh, non, ne fais pas ça ! Nous mangerons ça à la maison.

Ce qui n'avait pas vraiment de sens car tout l'intérêt de cette friandises était de la prendre quand ils étaient à l'extérieur. Doreen grommela et quand elle se gara, Mugs se comportait si mal qu'elle n'avait plus envie de lui donner quoi que ce soit. Mais il se calma lorsqu'ils entrèrent dans la maison puis il se comporta merveilleusement bien pendant qu'elle lui tendait le gobelet. Il l'engloutit en quelques secondes. Après cela, il courut partout, joyeux, faisant rire Doreen, avant de se mettre en boule sur son petit lit pour s'y endormir. Les yeux posés sur lui, elle souriait de ses facéties.

Son téléphone sonna quelques minutes plus tard et dès qu'elle répondit, un homme lui demanda :

— Qu'est-ce que vous me voulez ?

Elle fixa le téléphone avant de demander à son tour :

— Qui est-ce ?

— C'est vous qui m'avez envoyé un message.

Oh, exact. Je viens de rentrer chez moi.

— Peu importe. Qu'est-ce que vous voulez ?

— Je me demandais si vous étiez au courant que votre ami était décédé, Brandon Phelps.

L'homme grossier se fit silencieux pendant un moment.

— Il est mort ?

Quelque chose n'était pas convaincant dans le ton de sa voix.

— Oui, confirma Doreen. Il est mort. Je suis navrée.

— Comment savez-vous que nous étions amis ?

— J'ai hérité d'un carton contenant ses affaires et votre nom y est mentionné quelques fois. Je n'ai pas encore vraiment eu l'occasion de tout regarder, mais je me suis dit que vous n'étiez sans doute pas au courant. Alors je voulais en avoir la confirmation.

— Vous avez raison. Je ne le savais pas.

— Je suis désolée. C'est toujours dur d'apprendre ce genre de nouvelle.

— Ouais, sans blague, marmonna-t-il. Alors vous dites que vous avez hérité d'un carton…

— Oui, juste quelques-uns de ses souvenirs, objets et paperasse d'un procès. Je crois qu'il essayait de se blanchir. Je n'ai pas vraiment eu l'occasion de tout trier, mais j'ai bien vu votre nom mentionné sur les papiers comme étant quelqu'un qu'il connaissait bien. Alors je me suis tout bonnement dit que je devrais peut-être vous prévenir et vous annoncer son décès.

Puis elle attendit, simplement.

— Merci… Personne ne dit jamais aux autres ce genre de choses. Puisque je ne vais pas sur les réseaux sociaux, ce n'est pas comme si le poster allait m'aider.

— Oui. Je n'aime pas trop les réseaux sociaux non plus.

Et là-dessus, il raccrocha sans un autre mot.

— Bon sang ! Mack m'en voudra d'avoir d'abord contacté Pengo à ce sujet ! marmonna-t-elle.

Bien entendu, elle n'avait eu une conversation honnête avec lui que par pur instinct, mais Mack verrait les choses tout à fait autrement. Elle lui envoya un message et patienta.

Quand Mack lui téléphona quelques minutes plus tard, il voulut savoir ce qu'elle manigançait.

Elle entendit une telle méfiance dans sa voix qu'elle soupira.

— Ce serait tellement plus agréable si, à chaque fois que tu posais cette question, tu ne donnais pas l'impression d'attendre que le monde s'effondre !

Il renifla.

— Ce serait aussi super si je pouvais poser cette question sans avoir à retenir mon souffle, à me demander si le monde est sur le point de s'effondrer.

— Je suppose que je suis simplement à l'épreuve, non ? lui dit-elle d'un ton triste.

— Ah… Tu ne m'auras pas avec cette question. Nan ! Je ne mordrai pas. Alors, qu'as-tu trafiqué ?

— Comment tu sais que j'ai trafiqué quelque chose ?

— Premièrement, tu essaies de gagner du temps, ce qui veut dire que tu trafiques un truc et deuxièmement, c'est toi.

Elle poussa un grognement.

— Et pourtant, c'est Noël, et comme tout le monde ne cesse de me le dire, tu n'es pas censé poser une tonne de questions car tu pourrais en apprendre plus que tu ne le devrais. De plus, je n'ai rien trafiqué.

Elle avait espéré que son ton enjoué le déstabiliserait et pas qu'il le rendrait plus suspicieux.

— Je devrais quitter le boulot à une heure raisonnable ce soir, lui confia-t-il. Ça te dit, un dîner ? Si je me retrouve coincé, nous pourrons toujours dîner demain soir.

— Un dîner ce soir ou demain me va parfaitement. Je viens d'acheter un sandwich, alors je peux attendre pour dîner, même si tu rentres tard.

— Où es-tu allée ?

Elle soupira.

— Tu te souviens de ce truc, à propos du fait de ne pas

poser de questions ?

— Tu ne t'en sortiras plus très longtemps en disant ça, dit-il, d'un ton sévère. Noël est juste à nos portes et après ça, tu ne pourras plus te servir de cette excuse.

— Oh…

Elle aurait dû y penser.

— Je suppose que c'est logique, dit-elle.

— Oui, c'est logique, répondit Mack, une note d'amusement désormais dans la voix.

— Mais en attendant, je continuerai de la sortir tant que je le peux !

Et elle mit fin à l'appel.

Chapitre 14

L E MATIN SUIVANT, Doreen venait de se lever, de prendre une douche et de s'habiller quand Mack l'appela.

— J'ai beaucoup apprécié le dîner hier soir.

— Moi aussi. Tu es un si bon cuisinier !

Mack rit.

— Prête pour la fête ?

— Oh la la, je ne sais pas si je suis prête pour toute cette attention. Et je n'ai toujours pas de gui pour la fête. Nan en sera déçue. Je ne pense pas qu'elle se sente prête non plus et elle a vraiment mis tout son cœur et toute son âme dans ce projet. J'aurais juste aimé savoir pourquoi elle tenait tant à toute cette mascarade.

— Je dirais qu'au cœur de tout cela… tu comptes énormément pour elle.

— Je sais, je sais. Je suis juste stressée d'être le centre de l'attention à cette fête. Mais parce qu'elle y tient, j'irai là-bas et ferai tout pour lui faciliter les choses. Mais elle ne me dira pas pourquoi elle angoisse autant et ça m'embête.

— Vraiment ? dit Mack avant de rire. Avec tout ce qui se passe dans le monde, c'est *ça* qui t'embête ?

— J'ai juste le sentiment qu'elle manigance un truc…

— Et tu te souviens de ce que tu m'as dit hier soir ?

— Quoi ?

— C'est Noël et tu n'as pas le droit de poser de questions. Les secrets, tout ça… J'attendais l'occasion de te dire ça à mon tour ! dit-il sans cesser de ricaner.

— Je ne sais pas, marmonna-t-elle, regardant son téléphone d'un air contrarié. Je n'ai pas l'impression que ce soit la même chose.

— Laisse couler et si elle veut te dire ce qui la révolte, elle le fera.

— C'est exactement ce qu'elle me dirait. Tu commences à vraiment bien connaître Nan.

— Ouais. J'essaie.

— J'espérais qu'une fois cette fête terminée et derrière nous, alors elle ne serait plus aussi stressée.

— Je suis sûr que c'est le cas aussi pour elle.

Cependant, elle avait remarqué une note étrange dans sa voix.

— Vous deux feriez mieux de ne pas comploter ensemble…

Il se mit à rire.

— *Comploter* ?

— Peu importe le mot pour évoquer les gens qui s'acoquinent pour préparer des trucs qui perturberont les autres.

Mack soupira.

— Je n'ai aucune idée de ce qu'elle a en tête. Les agissements de Nan peuvent signifier toutes sortes de choses. Et mon frère ? Il t'a contactée ?

Elle cligna des yeux face au soudain tournant de la conversation.

— Je lui ai parlé plusieurs fois. Chaque fois que j'entends sa voix, je grince des dents.

— Pourquoi ? Il résout toutes sortes de problèmes pour toi, non ?

— Bien sûr. Et après, nous avons encore plus de choses à dénouer concernant la succession de Mathew.

Au moment où il mit fin à l'appel, le cerveau de Doreen se demandait déjà ce qu'elle devrait faire ensuite concernant le *cold case* de Brandon. Elle devait aussi aller aider Nan cet après-midi dans ce qu'il lui restait à faire.

La fête n'était plus qu'à une journée et elle demeurait nerveuse à ce sujet, ignorant comment elle était supposée se comporter dans ce genre d'événements. Au moins, elle avait un cadeau de Noël pour Mack, mais ils se les échangeraient en privé. N'est-ce pas ? Elle lui demanderait la prochaine fois qu'ils se parleraient. Au moins, elle s'était occupée de son cadeau.

Quand Nick appela peu après, il avait cette fois une bonne nouvelle puisqu'il avait découvert que le collier de son arrière-arrière-grand-mère faisait partie de la succession de Mathew. Alors Doreen demanda à ce qu'il soit envoyé, qu'elle puisse en faire la surprise à Nan pour Noël.

Devait-elle acheter des cadeaux pour les autres personnes ? Pour Richie, Doreen pouvait dégoter ces chocolats qu'il aimait particulièrement et dont il semblait ne jamais se lasser. Elle s'en alla rapidement de chez elle pour aller chercher ça ainsi que divers présents pour d'autres invités, comme Wendy. Quand Doreen eut terminé, elle avait effectué pas mal de petits achats. Cependant, une fois de retour chez elle, elle se renfrogna : elle n'avait pas de papier cadeau pour emballer quoi que ce soit.

Nan la contacta à peu près à ce moment-là et Doreen en fut soulagée.

— Salut, Nan ! Je crois que j'ai réussi à trouver des cadeaux de Noël, mais je n'ai aucun emballage cadeau. Je n'y ai même pas pensé en faisant mon shopping.

— Tu peux descendre ici et te servir du mien, lui proposa Nan.

— J'en ai sans doute trop pour que ça suffise. Je vais repartir et en prendre.

— Tu peux toujours t'arrêter ici en passant après. Ce serait plaisant de te voir.

Elle avait la voix mélancolique, ce à quoi Doreen n'était pas habituée chez elle.

— J'avais prévu de venir t'aider vu ce qu'il reste à faire sur ta liste. Je prendrai de l'emballage cadeau en chemin. Je me demande si Wendy en a.

— Wendy ? Wendy du magasin d'occasion ?

— Ouais, elle vend toutes sortes de choses intéressantes.

— Je vois…, dit Nan avant d'ajouter d'un ton plus doux : tu sais que tu as de l'argent maintenant, n'est-ce pas ?

— Que veux-tu dire ?

— Je ne veux simplement pas que tu ne dépenses pas délibérément d'argent ou que tu fasses des économies car tu as toujours cette mentalité de *sans-le-sou*.

— Nan, ce n'était pas comme si je disposais déjà de cet argent, expliqua Doreen. Je sais qu'il va arriver et qu'une grosse somme d'argent va suivre, mais je n'ai pas encore décidé de ce que j'allais en faire, lui avoua-t-elle, prudemment. Alors je ne veux pas le dépenser bêtement, pas tant que je ne serai pas certaine de disposer d'un bas de laine pour le restant de ma vie et la tienne.

— D'accord, répondit Nan entre ses dents.

Doreen avait remarqué cet étrange ton dans la voix de Nan.

— On dirait que je t'ai contrariée.

— Jamais, ma fille, jamais, répondit chaleureusement Nan. Au contraire, tu es égale à toi-même. Bref, va chercher ton papier cadeau ,et si tu le veux, tu peux venir m'aider à emballer les miens puis faire de petites bricolas pour la fête ensuite. Je serai là.

— Oui, je peux faire ça, mais… si tu veux que tes cadeaux aient belle allure, tu ferais mieux de les faire toi-même.

Nan éclata de rire.

— Ce ne sont que des cadeaux pour les amis et la famille.

— Je sais, mais, Nan, je ne crois pas avoir déjà emballé un cadeau avant ça.

— Oh, bonté divine ! dit Nan, abasourdie. Va chercher ton papier cadeau et amène-toi ici. Nous devons réparer ça tout de suite.

Avec appréhension, Doreen fit rapidement monter les animaux, les emmena à la boutique du coin qui était davantage un magasin d'articles ménagers – pas tout à fait un magasin discount mais pas loin, juste la gamme au-dessus. Une fois du papier cadeau dans les mains, un truc qui faisait très Noël, elle commença à se sentir nettement mieux.

Elle descendit jusqu'à chez Nan et elle entra dans l'appartement de sa grand-mère, cette dernière étreignit Doreen ainsi que les animaux. Puis elle jeta un œil au papier et sourit, ravie.

— Oh, bon choix ! J'avais peur que tu viennes avec du papier « joyeux anniversaire » écrit dessus.

Doreen fronça les sourcils.

— Je suis si nulle que ça ?

Nan fit la grimace.

— Parfois… Oui.

— Oh, bonté divine, marmonna Doreen. Dans ce cas, je ne t'en donnerai aucun !

Avec cette menace, elle agita sa seconde fournée de biscuits sablés devant sa grand-mère.

Nan les regarda et acquiesça.

— Combien de fois as-tu essayé d'en faire jusqu'ici ?

— Deux fois.

— Hmm.

— Pourquoi ? Tu trouves qu'ils ne sont pas encore assez bons pour les partager ? demanda Doreen, méfiante.

— Dans ton cas, tu auras peut-être besoin d'un troisième ou quatrième essai.

Doreen lui jeta un regard noir, mais Nan faucha gaiement le sac de ses mains et rit.

— Pas besoin d'être grincheuse ! Nous les ferons goûter à Richie. Il mange n'importe quoi.

— Ils ne peuvent pas être si mauvais, se plaignit Doreen. Je pensais offrir des cookies à Mack pour Noël.

— Bien sûr, mais tu devrais les acheter.

Là, Doreen cessa de regarder méchamment Nan et la vit secouée de rire d'avoir donné un tel châtiment.

— Tu me laisses croire que je ne peux rien cuisiner…

— Je ne dirai pas que tu peux et je ne dirais sûrement pas que tu ne peux pas, car bien entendu… c'est une chose que tu as apprise. Alors, tant que tu continues de t'exercer, tu finiras sans doute par bien te débrouiller.

— C'est le « sans doute » qui me turlupine à chaque fois que tu ouvres la bouche.

— Ça finit par me turlupiner aussi parfois, admit Nan en souriant. Bref, ne nous chamaillons pas pour tes biscuits. Je suis sûre qu'ils sont bons.

Doreen regarda tristement le sac puis elles se mirent à

emballer les cadeaux. Il ne fallut pas longtemps pour prendre le coup de main. Par chance, ses animaux faisaient tous une sieste et avaient un comportement exemplaire. Elle s'occupa de la majeure partie des cadeaux qu'elle avait achetés, après avoir laissé ceux de Nan et Mack à la maison. Elle en avait presque terminé quand Richie passa sa tête par la porte ouverte. Il l'observa, déçu.

— Oh, j'avais cru sentir des cookies…

Nan rit.

— Tu as raison, en effet. Je t'ai aussi prévenu par message qu'il y avait des biscuits.

Il leva les yeux au ciel.

— J'essayais d'être discret ! Alors, où sont-ils ? s'enquit-il en regardant partout. Ta grand-mère estime que tu ne peux rien faire de mangeable, alors je suis là pour les goûter.

— *Génial*, marmonna Doreen dans sa barbe, lançant un regard mauvais à leurs deux sourires grimaçants. Vous ne faites pas grand-chose tous les deux pour m'aider à avoir confiance en moi.

— Non, répondit-il, mais tu n'en fais pas beaucoup pour la nôtre non plus !

Et avec une expression ravie sur le visage, il prit une bouchée. Il inclina la tête d'un côté puis de l'autre et finit par hocher la tête.

— Ils ne sont pas mauvais, Doreen.

— Mais ils ne sont pas bons, grommela-t-elle en réponse, les épaules affaissées de déception.

— Ce n'est pas ça, pas du tout. Je dirais que… tu as besoin d'avoir la main légère pour faire des sablés, tu le sais ça, n'est-ce pas ? Ils peuvent être très durs sinon.

— Comment un biscuit peut-il être dur ? demanda Doreen, spectatrice d'un déjà-vu puisque Mack lui avait fait la même critique.

— Tu as trop malaxé. Les biscuits sablés sont délicats.

— Délicats, répéta-t-elle, le regard fixé sur Richie puis sur sa grand-mère. Tu l'as vraiment fait venir ici pour vérifier s'ils étaient mangeables, n'est-ce pas ?

Nan en prit un, mordit dedans, l'examina puis suivit l'avis de Richie.

— Tu dois juste apprendre à avoir la main plus légère.

— Plus légère ? Je les ai à peine touchés !

— Tu as suivi ma recette ? demanda Nan.

— Non, je n'ai pas suivi ta recette. J'en ai choisi une sur Internet.

— Alors je dirais que c'est aussi une partie du problème. J'ai la recette la plus fondante !

— *Bien entendu*, commenta Doreen avant de pousser un gros soupir.

— C'est vrai ! insista Nan.

— Parfait ! concéda Doreen. Je la chercherai en rentrant à la maison.

Nan secoua la tête, sortit son téléphone d'un mouvement rapide et lui envoya immédiatement la recette par e-mail.

— Essaie vraiment celle-là *avant* d'en donner à Mack.

— Ils sont si mauvais ? demanda Doreen, les épaules de nouveau affaissées.

— Non, pas du tout, dit Richie. Nous voulons juste plus d'échantillons avant que tu nourrisses ton homme avec ça.

Et avec un grand sourire satisfait, Richie chopa un autre biscuit pour l'engloutir.

À présent, Doreen ne savait pas trop si l'une de ces critiques était vraie ou pas.

— *Parfait*, rétorqua-t-elle, de mauvaise humeur en les observant. Je réessaierai.

— Bien ! Je suis toujours là pour toi, promit Richie, une main sur le cœur. Vraiment, nous nous assurerons que tu gères ces biscuits comme il faut quand tu auras terminé.

— *Super*, répondit-elle en le foudroyant du regard. Ça va sans doute me prendre six fournées.

— Oh, ça se pourrait, reconnut-il en hochant vigoureusement la tête. Ça se pourrait tout à fait ! Tu devrais sans doute rentrer chez toi et t'y mettre.

Doreen soupira, ignorant s'il plaisantait encore ou si elle était la cible d'une blague sérieuse. Toutefois, elle sentait que quelque chose clochait vraiment et qu'elle devrait rentrer chez elle et exercer ses compétences en cuisine.

— Bien. J'ai acheté suffisamment d'ingrédients pour tenter une nouvelle fournée.

— Tant mieux, dit Nan en lui tapotant l'épaule. Il est temps pour toi de partir alors.

Doreen l'observa, surprise.

— Je croyais que tu voulais de l'aide pour les préparatifs de la fête ?

— Oh non, ma fille. Ils sont tous faits maintenant. La fête a lieu après-demain, lui dit-elle avant de se placer face à elle, l'air soucieuse et d'ajouter : tu as une tenue spéciale ?

La mâchoire de Doreen en tomba.

— Tu veux dire que je dois me mettre sur mon trente-et-un aussi ?!

— Évidemment que tu fois le faire ! dit Nan, et son ton suggérait à quel point elle estimait sa petite-fille naïve. C'est une fête de Noël, ma grande !

— D'accord, répondit tristement Doreen. Dans ce cas, je n'en suis pas sûre.

— Trouve quelque chose de joli à porter. C'est ton job pour les prochaines vingt-quatre heures, lui ordonna Nan.

— Et fais des biscuits, lui rappela Richie, optimiste.

— *Génial…* Jouer à se déguiser et faire des cookies. Juste ce dont j'ai besoin ! Sur ce, dit-elle en se levant, je prends congé et je rentre chez moi.

— Bonne idée, acquiesça Richie en gloussant.

Elle lui lança un regard mauvais.

— Tu t'amuses beaucoup trop avec ça…

— Oui, en effet ! confirma-t-il en souriant. Parfois, c'est exactement de ça dont il s'agit, profiter de la vie et s'amuser.

— Si tu le dis… J'ai l'impression qu'il n'y a pas toujours de quoi bien s'amuser de mon côté.

— Mais ça arrivera, dit fermement Richie en agitant la main. Ça arrivera véritablement. Il te reste juste à y arriver.

Et là-dessus, il sortit de l'appartement.

Doreen s'adressa à Nan.

— Sérieux ? Tu es certaine que les cookies sont mauvais à ce point ?

— Ils ne sont pas si mauvais, ma petite, mais dans un monde où les sablés doivent fondre dans la bouche et être absolument délicieux, cette fournée-là vaudrait sans doute un six ou un sept sur dix.

— Oh… Okay, j'ai pigé.

— Ne le prends pas mal. C'est uniquement pour ton bien. Quiconque peut faire une bonne fournée de biscuits comme celle-là peut avoir tous les hommes qu'elle veut.

— Mazette…, dit-elle en se tournant pour faire face à sa grand-mère. Mais pourquoi ça m'intéresserait ?

Sa grand-mère secoua la tête.

— Ma fille, tu es un sacré défi, parfois.

— Je sais que tu veux me voir mariée, mais j'aime vraiment, vraiment être célibataire.

— Ça, je le sais, mais tu l'es aussi devenue à un âge plus

jeune que le mien.

— Peut-être, et il est possible que ce soit le bon âge pour ça, souligna Doreen. Ce n'est pas comme si tu avais été mariée très longtemps et avais fait le choix de ne jamais te remarier, bien que je sache qu'on te l'a proposé plus d'une fois.

— Non, je ne me suis jamais remariée, confirma Nan. Mais je n'étais pas non plus tout le temps seule.

Doreen n'avait pas grand-chose à dire à ce sujet. De plus, quand il s'agissait de débattre avec Nan, Doreen perdait toujours de toute manière. Elle se tourna pour vérifier où était Goliath et le découvrit sur la table, donnant des coups de patte pour que les biscuits tombent par terre où Mugs les engloutissait deux par deux.

— Stop, stop, stop ! s'écria Doreen.

Goliath s'assit, sa patte atteignant le dernier biscuit, attendit que Doreen soit presque devant lui et le fit tomber au sol. Mugs n'attendit pas longtemps pour le mettre dans sa gueule et le biscuit disparut instantanément.

Doreen se tourna, lançant un regard noir à Nan, qui riait à gorge déployée en se tenant les côtes.

— Ravie de voir que tu trouves ça drôle !

— Évidemment que ça l'est ! C'est absolument génial ! s'extasia Nan. Penses-y, Mugs a l'air d'aimer tes pâtisseries.

Son sentiment d'échec devait se voir car sa grand-mère s'approcha et l'enlaça.

— Nous faisons ça pour ton bien, ma fille.

— Bien sûr que vous le faites, en conclut Doreen en roulant des yeux. Quelque part, je n'ai pas l'impression que ce soit pour mon bien. On dirait vraiment que c'est davantage pour vous divertir.

— Bien sûr que non ! rit Nan. Nous t'aimons.

— Ouais…

Et sur ces bonnes paroles, Doreen s'en alla rejoindre sa voiture avec ses animaux, Mugs marchait en se dandinant car il était un peu plus lourd qu'à l'arrivée. Elle le regarda, mécontente.

— Ce n'est pas ce qui était censé arriver aux biscuits.

Il leva vers elle les yeux les plus innocents et lui fit plusieurs timides aboiements.

— Ouais, comme si tu t'en souciais !

Il jappa de nouveau et Doreen poussa un grognement car il s'en moquait. C'était un biscuit après tout. Et en l'occurrence, Mack s'en serait sans doute moqué également. Mais désormais, elle avait l'impression d'être obligée de rentrer et de faire mieux. Mais comment faisait-on mieux ? Ça n'avait pas beaucoup de sens pour elle. À ses yeux, elle avait vraiment essayé de faire au mieux.

— Plus légère, répéta-t-elle. La main doit être plus légère.

Mais ce qu'elle devait réellement faire, c'était vérifier la recette de Nan. Au moins, si elle se basait sur celle-là et qu'elle leur montrait le résultat, alors peut-être que leur inspection serait agréable. Elle ne savait même pas ce que cela pouvait dire, mais elle était absolument partante pour faire une autre tentative.

— Mais juste une fois, déclara-t-elle.

Mugs la regarda et aboya faiblement.

— Non, pas pour toi ! Tu as eu ta dose. Tu en as pris assez pour tout le monde.

Il reprit ses aboiements plusieurs fois et Doreen secoua la tête.

— J'en sais un peu plus sur tes ruses maintenant. Ça n'arrivera pas, mon grand.

Chapitre 15

DE RETOUR CHEZ elle, Doreen déchargea la voiture et le reste de l'emballage cadeau qui n'avait pas été utilisé, rangea les présents déjà emballés dans un placard en refermant bien la porte afin que personne ne puisse y aller et sortit la recette de Nan. Ça ne semblait pas être plus compliqué ni même difficile, mais il y avait une mise en garde concernant une main légère qui faisait toute la différence.

— *Très bien*, dit-elle entre ses dents.

Elle prépara rapidement une autre fournée, s'assurant de se montrer extrêmement douce avec la pâte. C'était vachement dur de mélanger quoi que ce soit s'il fallait aussi être doux ! Elle était plus que frustrée au moment de mettre tout ça dans le four, retenant son souffle pendant le processus pour être sûre de ne rien renverser ni de faire une bêtise. Elle savait que les sablés n'étaient pas censés s'effondrer, mais avec Doreen, où à cause de circonstances inexplicables, les choses avaient tendance à mal tourner.

Elle demeura près de la cuisinière, observant scrupuleusement les biscuits en train de cuire. Quand elle eut terminé de lire les instructions sur la durée de cuisson et celles pour les laisser sur la grille de refroidissement, elle se rendit compte qu'il était déjà temps de sortir la première fournée. Elle la retira très soigneusement et enfourna une seconde plaque de cuisson. Quand les sablés furent cuits et que la troisième et dernière fournée s'y trouvait, Doreen se sentait un peu plus apaisée.

En les retirant des plaques de refroidissement, elle se tourna et découvrit un étranger dans sa cuisine. Elle le regarda avec un air renfrogné.

— Bon Dieu ! dit-elle, sous le choc. Comment êtes-vous entré ?

Elle regarda alors Mugs, mais toute son attention était dirigée sur les biscuits. Le chien se tourna, jeta un œil au nouveau venu, aboya légèrement à plusieurs reprises, puis revint aux cookies.

— Franchement, Mugs, quel genre de chien de garde es-tu ?

L'inconnu renifla.

— Sérieux ? C'est un chien de garde, ça ? Pour moi, c'est plutôt un gros monstre mangeur de biscuits.

— Je sais, répondit Doreen en lançant un regard furieux au chien. Comment êtes-vous entré ? demanda-t-elle de nouveau à l'étranger.

— Qu'est-ce que vous voulez dire, comment je suis entré ? la questionna-t-il, perplexe. J'ai ouvert la porte !

— Vous avez sonné ?

— Vous avez entendu sonner ?

— Non, je n'ai pas entendu sonner, rétorqua-t-elle en le fixant méchamment.

— Alors je suppose que je n'ai pas sonné, si ? Bonté divine… C'est quoi, cette question ?

Doreen se moqua de lui.

— Bon sang, quel…

Il s'immobilisa et la toisa.

Elle pouvait voir toute sa bonne humeur s'envoler.

— C'est vous qui êtes entré dans ma maison sans permission, lui expliqua-t-elle. Alors, ne vous fâchez pas parce que je me moque de vous.

— *Bien sûr*, rétorqua-t-il brutalement d'un ton sévère, sans la quitter des yeux. Et c'est vous qui détenez des dossiers que je recherche.

Elle hocha la tête.

— Oh, donc vous êtes Pengo.

Il continua de la scruter méchamment.

— Si vous aviez simplement posé la question, nous aurions pu entamer cette conversation plus amicalement, ajouta-t-elle.

— Je l'aurais fait si vous aviez répondu à la porte.

Elle fronça les sourcils.

— Et je l'aurais fait si vous aviez frappé.

Il roula des yeux.

— Il faut vraiment que je voie ce qu'il y a dans ces dossiers.

— Pourquoi ? lui demanda-t-elle, mirant l'horloge.

Elle finit par l'irriter.

— Qu'est-ce que vous avez à regarder constamment l'horloge ? Si vous attendez des secours, ça n'arrivera pas.

Elle se tourna pour lui faire face, un sourcil levé.

— Pourquoi aurais-je besoin de secours ? Et pour votre information, je surveille le minuteur pour les cookies.

— Quels cookies ? demanda-t-il, et alors il renifla, tête levée, avant de sourire. Ah, des sablés !

— Oui, apparemment, c'est un incontournable de Noël.

— Évidemment ! Tout le monde a des sablés à Noël.

— Comment faire si je n'ai pas de sablés pour Noël ?

— Oh, pardon, plaisanta-t-il d'un ton moqueur. Mon cœur saigne, je me sens si mal pour vous !

— Ouais, « mal », c'est le mot. C'est maintenant la troisième fois que j'en fais et je veux qu'ils soient parfaits.

— Ça dépend si vous les avez trop malaxés.

— Je ne les ai *pas* trop malaxés ! objecta-t-elle, regardant rageusement cette personne qui venait de rentrer dans sa maison et semblait déjà en savoir plus qu'elle sur les sablés. Est-ce que tout le monde est un fichu expert en sablés ?!

— Ouais, assez, dit-il en hochant la tête. Il faut que vous le soyez si vous voulez les faire correctement.

— Peu importe, dit-elle, toujours aussi furieuse. Et je n'ai aucun dossier.

— Vous m'avez dit que vous aviez des dossiers de Brandon Phelps.

— J'ai eu le carton de ses affaires, oui, précisa-t-elle, mais il s'avère que c'est sans valeur. Au final, ce sont surtout des saletés avec certaines informations sur ce procès. Pas grand-chose, simplement qu'il essayait de laver son honneur.

— Intéressant, marmonna l'homme. Alors, où est-il ?

— Pourquoi ? demanda-t-elle en se tournant pour le regarder. Il n'est pas à vous. Il est à moi.

Il haussa les sourcils.

— Sauf que vous avez dit que mon nom apparaissait là-dedans.

— Oui et alors ? C'est comme ça que je vous ai trouvé, alors j'ai pu vous prévenir que Brandon était mort. Maintenant qu'il est parti, le nom inscrit dans le dossier ne devrait pas avoir d'importance.

— Peut-être. Mais on ne sait jamais quand une dingo bien-pensante du coin décidera que quelque chose doit être fait pour laver son honneur, même s'il est mort et enterré.

Vous savez que cette folle aux animaux est ici, en ville, et qu'elle s'attire toutes sortes d'ennuis avec des *cold cases* et tout ça ?

Doreen rougit, se demandant s'il allait faire le rapprochement ou pas.

— Elle a tous ces animaux, reprit-il, quelque chose à propos d'un chien, alors je pourrais presque croire que c'est vous. Excepté qu'il n'y a pas d'oiseau.

Pile à cet instant, Thaddeus sortit la tête de sous ses longs cheveux. « Thaddeus est là. Thaddeus est là. » Pengo reculant sous la surprise, Thaddeus dressa ses ailes et lui cria dessus plusieurs fois.

— Bon Dieu, marmonna-t-il. C'est vous !

— Je pense que Thaddeus n'a pas apprécié votre façon de parler de moi, dit-elle de son ton le plus guindé.

— Ah oui ? Comme si je m'en souciais, rétorqua-t-il, et comme elle le regardait méchamment, il hocha la tête. Je le pense, je m'en fiche. Bon et maintenant, il est où, ce dossier ?

Doreen tapa du pied et l'homme rit.

— Vous ne devriez pas faire ça. Ça va faire redescendre les biscuits.

Immédiatement, elle ouvrit le four pour jeter un œil à la cuisson de ses biscuits et l'étranger éclata alors de rire.

— Punaise, vous ne connaissez vraiment pas les règles élémentaires de la cuisine !

— Ce n'est pas juste, protesta Doreen. J'apprends.

— On dirait que vous avez encore beaucoup de chemin à parcourir, commenta-t-il en secouant la tête. J'ai pitié pour les gars qui sortent avec vous. Vous n'êtes même pas capable de poser un plat décent sur la table.

Et pour une raison quelconque, cette remarque la piqua au vif.

— Je m'améliore beaucoup, déclara-t-elle en le foudroyant du regard. Et ce ne sont pas vos affaires si je peux ou non mettre le repas sur la table.

— Non, en effet, car je m'en moque vraiment. Maintenant, où est le dossier ?

Elle passa à côté de lui, sortit l'enveloppe déjà prête et la lui tendit.

— Voilà. C'est tout ce qui est utile. J'ai jeté le reste du contenu du carton car il n'y avait rien d'important. Il avait des photocopies, mais j'ignore ses intentions. Je suppose qu'il allait les envoyer par mail à quelqu'un ou autre.

— Ouais, il aurait fait un truc stupide de ce genre, commenta Pengo avec dégoût.

Elle se tourna et vérifia de nouveau les biscuits.

— Vous ne pouvez pas sans arrêt ouvrir le four comme ça ! dit-il, dépité. Vous laissez échapper toute la chaleur.

Elle referma la porte du four puis se retourna vers lui.

— Je n'arrive pas à dire si vous riez à mes dépens ou si vous êtes sérieux.

Il la regarda avec un air grimaçant et secoua ensuite la tête.

— Je n'arrive pas à croire que j'ai cette conversation avec vous.

— Moi non plus, dit-elle sans gentillesse. Maintenant que vous avez ce que vous vouliez, pourquoi ne pas aller voir ailleurs ?

— Ouais, j'en serais ravi, dit-il, secouant de nouveau la tête. Amusez-vous bien avec vos sablés… ou pas.

Et là-dessus, il s'en alla.

Elle poussa un grognement et s'adressa à Mugs.

— Je ne suis pas sûre que tu aies d'autres friandises. Tu te fichais carrément qu'il soit là ou non.

Mugs se contenta de la fixer. Elle l'entendait presque penser *Ouais, mais il était inoffensif alors qu'importe !* Puis il prit son élan pour se mettre sur ses pattes arrière et renifler le comptoir où les biscuits refroidissaient.

— Oh, non, sûrement pas ! Ça n'arrivera pas.

Ce fut à ce moment que Mack entra, il renifla et demanda :

— Bonté divine, que fais-tu ?

Les épaules de Doreen s'affaissèrent.

— Tu n'as pas dit ça comme tu aurais dit « Oh, mon Dieu, ça sent divinement bon ! » se plaignit-elle en secouant la tête. Alors ça veut dire que ça sent mauvais.

— Non, répondit-il gentiment tout en s'approchant pour lui faire un câlin. Ça veut dire que je ne reconnais pas cette odeur.

— Sérieux ? Je croyais qu'ils étaient censés avoir une odeur typique.

Les yeux de Mack se posèrent sur les biscuits sur le comptoir et son visage s'éclaira.

— Des sablés ! Encore !

— Comment ça se fait que tout le monde sache à quoi ressemblent des sablés ?

— Car nous avons tous grandi avec eux.

Sans lâcher Doreen, il la fit reculer de quelques pas afin d'être suffisamment prêt pour en attraper un. Quand il le mit dans sa bouche, il ferma les paupières et une expression de pur plaisir traversa son visage.

Doreen gigotait nerveusement, observant Mack pendant longtemps. Comme il ne disait rien du tout, ses épaules s'affaissèrent de nouveau.

Mack baissa les yeux sur elle, l'air perplexe.

— C'est quoi, cette réaction ?

— C'est sans doute une meilleure question pour toi, marmonna-t-elle. J'espérais un signe comme quoi ce serait passable.

— Bon Dieu, évidemment qu'ils sont passables ! Ils sont mieux que passables, dit-il avant d'en prendre une autre bouchée puis une autre. Oh la la… Ils sont si addictifs.

Il tendit le bras dans le dos de Doreen et en prit deux autres.

Elle les observa passer par la trappe lui servant de bouche : une seule bouchée pour chacun ! Il reporta les yeux sur les biscuits puis sur Doreen. Elle secoua la tête.

— Oh non, tu ne feras pas ça. C'est ma troisième fournée. J'ai travaillé si dur pour faire des sablés mangeables et voilà que je ne sais même pas si j'ai réussi ou non.

Mack cessa de bouger, sidéré.

— Qui t'a dit que tu n'avais pas fait de sablés mangeables ?

— Nan et Richie.

Une curieuse expression apparut brièvement sur son visage.

— Oh, dit-il avec un sourire en coin.

— Quoi ? Qu'est-ce que ça veut dire ?

Il laissa échapper quelques petits rires avant qu'ils ne se transforment en gros éclats.

— Parce que je viens de là-bas et ces deux-là étaient visiblement en train de vendre… Tu veux savoir quoi ?

— *Des biscuits sablés* ! hoqueta Doreen. Ils n'oseraient pas ?

— Si, ils oseraient. Je leur ai dit que les biscuits avaient l'air vraiment bons, mais Nan m'a dit que je n'avais pas le droit d'en avoir. En fait, elle m'a dit d'aller te voir et d'aller me servir.

Il se remit à rire en voyant l'expression sur le visage de Doreen, qui le contemplait.

— Tu es sérieux ? Es-tu en train de me dire que ma propre grand-mère m'a fait ça, à moi ?

Mack ne pouvait s'arrêter de rire et il hurlait même maintenant.

Elle attrapa son téléphone et appela sa grand-mère. Lorsque Nan répondit, Doreen demanda :

— Est-ce que tu m'as dit que mes biscuits n'étaient pas bons et que je devais rentrer chez moi et en faire d'autres afin que tu puisses les vendre ?

Le silence se fit à l'autre bout du fil. Puis Nan se mit à glousser.

— J'étais vraiment sérieuse, ma fille. Tu aurais pu en faire des meilleurs que ça.

— J'aurais pu en faire de meilleurs, mais si tu crois que tu vas en ravoir après m'avoir joué ce tour, oublie.

Elle mit fin à l'appel sans un autre mot, sans cesser de fixer son téléphone, en colère. Elle regarda ensuite Mack, qui avait déjà chapardé une autre paire de biscuits, et elle le dévisagea méchamment à son tour.

— Si tu manges tous ces biscuits, tu feras la prochaine fournée.

Il acquiesça aimablement.

— Je peux faire ça.

— J'ai passé la journée entière à faire des biscuits et Nan m'a dit qu'ils étaient trop durs et que j'avais trop travaillé la pâte.

Mack s'immobilisa.

— Oh…

— Que veux-tu dire par « Oh » ?

— C'est un problème, aucun doute là-dessus. Tu peux

trop malaxer la pâte et une main légère est ce qu'il y a de mieux. Toutefois, je suspecte grandement qu'elle exagérait plus que tu ne l'imaginais ou qu'elle voulait seulement beaucoup te taquiner.

— Me taquiner ? J'ai cru que mes biscuits étaient horribles. Je voulais t'en faire pour Noël et elle semblait croire qu'ils étaient mauvais.

Essayant toujours de réprimer son rire, Mack s'approcha, l'attrapa pour la prendre dans ses bras, la fit virevolter et lui donna un baiser au goût de sablé.

— Ne change jamais.

Juste à ce moment, Mugs aboya faiblement et Mack se pencha pour lui donner un morceau de biscuit.

— Oh non, il ne doit plus en avoir, exigea-t-elle. Il n'a pas fait son boulot aujourd'hui.

Mack et Mugs échangèrent un regard puis se tournèrent tous les deux pour la dévisager.

— Comment ça, il n'a pas fait son boulot ?

Doreen fit la grimace.

— Rien. C'était juste un commentaire.

— Oh, non. Non, non, non, dit Mack en se redressant et l'observant d'un air méfiant. Que veux-tu dire ?

— Je ne voulais rien dire, répondit-elle, exaspérée. Je suis juste énervée que tout le monde se moque de mes biscuits !

— Se moque de tes biscuits qu'ils sont occupés à vendre pour récolter de l'argent ?

— Mais pourquoi récoltent-ils de l'argent ?

— Je n'en ai pas la moindre idée, admit Mack en secouant la tête. Je sais juste que je n'étais pas autorisé à en prendre part et qu'ils refuseraient mon argent pour payer ce pour quoi ils économisaient.

— Oh la la…, soupira Doreen. Cette femme causera ma mort.

Mack regarda Doreen et, en riant, ajouta :

— Je connais ce sentiment.

Elle le foudroya du regard.

— Je n'ai rien fait de tel.

— Non, mais tu fais beaucoup d'efforts pour éviter de me dire ce qu'il se passe et pourquoi Mugs n'a pas fait son boulot.

Mugs aboya à cet argument.

Doreen répondit en caressant Mugs :

— Je sais, je sais. Tu as cru qu'il n'était pas dangereux, alors tu n'avais pas à agir. Je comprends ça et peut-être que tu as raison. Ce n'est peut-être que moi.

Mack la dévisageait.

— Crache le morceau maintenant !

Doreen garda le silence, mais Mack secoua la tête, les mains sur les hanches.

— Non, non, non. Tu ne t'en sortiras pas sans m'expliquer.

— Ce n'est rien, finit-elle par dire.

— Si ce n'était rien, tu ne serais pas là, à te disputer avec Mugs.

— Si, je le ferais. C'est vraiment facile de se disputer avec lui.

— Que le ciel me vienne en aide, marmonna Mack.

— Ouais, tu auras bien de la chance, grommela-t-elle, s'asseyant à la table où les biscuits refroidissaient pour les vérifier.

Elle en vit un qui devait être mou et aéré et le saisit pour en prendre une bouchée.

— Bon et maintenant, le goût du sablé… est-ce qu'il fond dans la bouche ?

Et en réalité, toute cette onctuosité beurrée se mit à

fondre sur toutes ses papilles et elle gémit presque de joie.

Mack hocha la tête.

— Tu vois ? C'est le signe d'un bon biscuit.

Elle ne quitta pas Mack des yeux tout en mâchant et le biscuit disparut en quelques secondes. Mack s'en amusa.

— Tu vas devenir une accro aux sablés tout comme le reste d'entre nous.

Elle soupira.

— Comment ça se fait que j'ignorais qu'il existait des choses telles que les sablés ?

— Mathew ne te laissait vraiment pas avoir de spécialités de Noël ?

— Non. Ça m'aurait fait grossir, tu te souviens ?

Le visage de Mack s'assombrit à ces propos et il poussa l'assiette de biscuits devant elle.

— Mange à ta guise.

Elle rit.

— Le truc, c'est que c'est différent quand tu peux en avoir. Je n'ai même pas nécessairement faim. Mais ces trucs *sont* vraiment bons.

Elle finit celui qu'elle avait dans la main et grommela :

— J'aurais dû le prendre avec un café.

— C'est pas grave. Maintenant tu peux prendre un café avec un second biscuit.

Doreen leva les yeux au ciel.

— Mais tu n'es toujours pas sortie d'affaire, dit-il en la fusillant du regard avant de hocher la tête. Oh, je sais. J'ai eu vent de la plupart de tes ruses maintenant. De temps à autre, tu continues d'éviter de répondre à mes questions sur un sujet. Je ne comprends pas comment j'ai pu rater ce que tu essayais de me cacher et tu le fais encore pas mal, mais pas cette fois. Donc, qu'est-ce que Mugs était supposé faire et qu'il n'a pourtant pas fait ?

— Je n'attirerai pas des ennuis à Mugs, dit-elle. Ce serait moucharder.

Il la regarda et fit la moue.

— Tu le fais déjà.

— Oh…, réagit-elle en fronçant les sourcils avant de jeter un coup d'œil à Mugs. Désolée, mon pote.

Il aboya gentiment comme pour dire : « C'est rien. Un biscuit arrangera ça. »

Doreen le contempla d'un air désapprobateur.

— Non, plus de biscuits.

— Doreen, l'interrompit Mack avec une urgence dans la voix.

— Okay, okay, okay, grommela-t-elle en agitant la main. C'est simplement que… quelqu'un est venu ici aujourd'hui. Il n'a pas frappé ou s'il l'a fait, je ne l'ai pas entendu. Je me suis tournée et il se trouvait déjà dans la cuisine.

Mack la regarda d'un air soucieux.

— Qui était-ce ?

— Pengo, le gars que Brandon Phelps essayait de pointer du doigt pour cette affaire de cambriolage auprès de la Freedom Project pour qu'il soit considéré comme coupable dans les dossiers.

Mack se laissa brutalement tomber sur une chaise à côté d'elle.

— Il est venu ici ?

— Oui, et ce n'est pas vraiment une bonne chose. De plus, je ne sais pas exactement comment il a su me trouver, en dehors du fait que selon Richard, c'est difficile de ne *pas* me trouver.

— Bon Dieu, réagit Mack en dévisageant Doreen. Tu as discuté avec lui ?

— Oui ! Qu'aurais-je pu faire d'autre ? Il a commencé à me dire que mes sablés étaient sans doute trop durs, dit-elle, et les lèvres de Mack commencèrent à se tordre. Ne recommence pas ! le prévint-elle.

— Il en a goûté un ?

— Non, je ne lui en ai pas donné l'occasion. Ils venaient de sortir du four, mais quand j'ai tapé du pied, il m'a dit que mes biscuits allaient redescendre.

Là, Mack se remit à rire.

— Et puis je me suis vraiment mise en colère.

— Ouais, évidemment. Et pourquoi t'es-tu mise en colère ?

— Parce que je ne savais pas s'il me disait la vérité ou non, se plaignit-elle d'un ton si triste que Mack soupira, l'attirant dans ses bras pour qu'elle s'assoie sur ses genoux.

— Ils ont l'air si gonflés ?

— Non, répondit-elle en se tournant pour le regarder. Ça veut dire qu'ils sont retombés ?

— Non, dit-il, luttant pour se calmer et ne pas laisser exploser son hilarité. Ça veut dire qu'ils ne seraient pas tombés, en premier lieu.

— Oh, dit-elle, s'appuyant contre son épaule. Je suppose que les gens pensent sincèrement que je suis une idiote, n'est-ce pas ?

— Non, ils trouvent que tu es incroyablement attachante et adorable et ils ne savent pas trop comment réagir avec toi. Puis, quand ils trouvent, ils aiment l'idée que tu n'en saches rien à propos des biscuits qui redescendent, expliqua-t-il, sa bouche se tordant de nouveau. Je pense que c'est instinctif pour eux de te taquiner.

— Peut-être bien, marmonna-t-elle. Mais ce n'est pas gentil.

— Non, ce n'est pas forcément très gentil, approuva-t-il gentiment, mais tu en apprends plus chaque jour.

— Oui, j'apprends peut-être, mais ça ne veut pas dire que je le fais suffisamment vite. J'envisageais de prendre des cours de cuisine…

Il haussa les épaules.

— Si tu penses t'y amuser alors, fais-le.

— J'espérais que ça m'apporterait peut-être plus que de l'amusement, mais ce serait aussi utile.

— Ça le serait, oui. Tant que tu passes du bon temps, ce sera utile. Mais tu n'es vraiment pas obligée de faire un truc que tu n'aimes pas.

— Peut-être, peut-être pas, répondit-elle, rejetant la tête en arrière, car même si je n'aime pas, ça ne veut pas dire que je n'ai pas besoin d'apprendre les bases. C'est plutôt troublant que je ne sache pas faire les choses les plus basiques.

— Tu viens de faire des sablés, lui fit-il remarquer. Tu as fait de *fabuleux* biscuits sablés alors c'est faux, quand tu dis ne pas savoir faire les choses basiques. Mais c'est comme pour ces sablés, ça peut te prendre du temps pour apprendre comme il faut. Et je peux te dire à quel point ils sont fabuleux.

— Mais je me demande, dit-elle en se tournant de nouveau vers lui, soucieuse, si tu dirais cela s'il ne s'agissait pas des miens ?

— Tu sous-entends que je ne les aime que parce que tu les as faits ? Je dois admettre qu'ils sont super spéciaux car je sais que tu les as faits. De plus, je sais comme ça a été difficile pour toi de faire un tas de choses, mais tu continues d'essayer. Alors rien de plus agréable ou de mieux que de voir quelqu'un qui tombe mais continue de se relever sans cesse afin d'apprendre des choses nouvelles. Je suis vraiment fier de toi.

Chapitre 16

CELA AVAIT PRIS un peu de temps pour calmer Mack la nuit dernière. Après s'être remis de sa crise de rire et avoir entendu ce qu'elle avait fait, il s'était mis en colère. Mais le fait qu'elle avait laissé Pengo entrer et s'en aller sans problème lui avait attiré un regard de travers de Mack. Elle avait alors haussé les épaules.

— Je n'essayais pas de lui causer des ennuis.

— Mais tu n'essayais pas non plus de lui faire une faveur, avait-il souligné.

— Je ne suis pas certaine que les deux soient nécessaires. Je veux dire, s'il se passe vraiment quelque chose et que cet autre pauvre gars a fait de la prison…

— Mais il a aussi fait de la prison pour ses propres crimes et alors, même si ce n'est pas nécessairement quelque chose qu'on souhaite, je suis sûr que ce n'est pas inhabituel pour quelqu'un de se retrouver accusé de cambriolage même s'il dit ne pas l'avoir commis.

— Je vois et je comprends. Une fois qu'on se met à protester, personne ne vous écoutera plus.

— Exactement. Alors, oui, il est possible que Brandon n'ait pas commis ce crime, mais il sera assez difficile de le prouver.

— C'est juste toute cette injustice…, dit-elle, ce qui fit lever les yeux de Mack au ciel. Je sais ce que tu vas dire, l'interrompit-elle en agitant la main devant lui. S'il n'avait pas fait d'autres crimes, ce serait complètement différent.

— Oui, et je suis d'accord sur le fait que les injustices nous rendent dingues et nous mettent en colère et qu'on ne les aime pas, mais elles surviennent.

Doreen acquiesça.

— Et évidemment, ce n'était pas sous ta juridiction. Alors ce n'est pas comme si tu étais responsable.

— Je sais que je ne le suis pas, dit-il en haussant les épaules tout en l'étudiant. Ça ne veut pas dire que j'aimerais voir cela se produire sous une quelconque juridiction. Nous faisons de notre mieux, mais aucun de nous n'est parfait.

— Et je comprends cela également.

Et voilà où ça en était le matin suivant, la fête ayant lieu le soir, mais Doreen essayait de comprendre ce qu'elle était censée faire en ce qui concernait ce Pengo. Quand son téléphone sonna, elle ne reconnut pas le numéro, mais comme il lui parut quelque peu familier, elle y répondit, bien qu'hésitante.

— Il n'y avait rien d'important là-dedans ! déclara Pengo, frustré.

— Vous vous attendiez à quoi ? lui demanda-t-elle, déconcertée. Je vous ai dit qu'il n'y avait rien de plus. C'était juste un dossier que Brandon cherchait à montrer à quelqu'un. Ne vous avais-je pas dit ça avant ? Au sujet de l'une des accusations contre lui pour laquelle, je suppose, il était inculpé, dit-elle, cherchant les bons mots. Mais il n'avait pas commis ce crime-là et cela l'embêtait, il cherchait à ce que le mec qui avait fait ça soit arrêté.

Vint alors un silence dérangeant.

— C'est ce que vous essayez de faire ? s'enquit-il brutalement. Me faire accuser pour un truc que je n'ai pas fait ?

— Si vous ne l'avez pas fait, alors vous ne serez pas inculpé. Pourquoi le seriez-vous ?

— Brandon ne l'a pas commis et il n'en a pas seulement été accusé, il a fait de la taule pour ça.

— Oui, ce qui n'est pas très juste…

— Attendez une minute… De quoi vous parlez ?

— Je voulais dire qu'il a fait de la prison, comme vous l'avez souligné et il n'aurait pas dû…

— Il est aussi sorti pour bonne conduite, alors ce n'est pas vraiment comme s'il avait purgé *toute* sa peine.

Doreen fronça les sourcils.

— Ce n'est pas le sujet. *Quelqu'un*, dit-elle en insistant sur ce mot, s'en est tiré dans ce crime.

— *Génial.* Mademoiselle, vous savez combien il y a de gens dans cette ville qui s'en sortent impunément régulièrement ?

— Je n'aime pas trop y penser, répondit-elle avec prudence. On m'a dit que c'était une ville agréable.

— Oh oui, c'est une ville agréable. Franchement, c'est une super ville, admit-il à contrecœur. Mais si vous croyez que les crimes sont passés inaperçus et restent non élucidés, vous n'auriez pas tort.

— Je suis sûre qu'ils l'ont été, concéda-t-elle, et je fais de mon mieux pour remettre de l'ordre dans ce que je peux.

Un autre moment de silence s'imposa puis il demanda :

— C'est ce que vous essayez de faire avec moi ? Vous pensez pouvoir me coincer avec ces crimes que Brandon a commis ? ajouta-t-il d'un ton plus hargneux.

— Ce n'est pas du tout ce que je dis, car si vous n'avez

rien à voir avec ça, alors ça ne vous concerne absolument pas.

Pengo marqua de nouveau une pause.

— Je crois que je n'aime pas ça…

— Okay, alors vous n'aimez pas et je peux le comprendre. Très bien, même. Cela dit, je ne sais pas trop pourquoi les gens se fâchent contre moi.

— C'est peut-être parce que vous n'arrêtez pas d'interférer dans leurs vies ! rétorqua-t-il.

Doreen y songea, même pendant que Pengo continuait de délirer.

— Je suppose que c'est interférer, en quelque sorte, non ? dit-elle avant de hausser les épaules. Oh, tant pis.

— Que voulez-dire par « Tant pis » ?! Brandon est mort. Ça ne vous suffit pas ?

— Le truc, c'est que… devait-il mourir ? Je ne crois pas.

— Comment ça, *devait-il mourir* ? demanda-t-il, exaspéré. Enfin, il a fait de la taule et il est mort, désolé. C'est triste, mais c'est pas de bol, non ?

Sa formulation lui donnait presque envie de rire, mais il était évident qu'il était en colère après elle, d'avoir seulement fait une telle suggestion.

— Ce n'est pas comme si je m'attendais à ce que vous vous confessiez ou autre… Un mec comme vous ne ferait pas ça de toute manière.

— Qu'est-ce que vous entendez par « un mec comme moi » ? s'enquit-il d'une voix tranchante. Et voilà, déjà à me juger comme si j'avais commis quelque chose d'affreux alors que non !

— Tant mieux, dit-elle, la satisfaction décelable dans la voix. Alors vous n'avez pas de quoi vous inquiéter.

— Écoutez, mademoiselle. Si vous commencez à vous mêler de ma vie, je vous avertis maintenant… Restez en dehors. Restez en dehors de ma vie, de mon monde et restez loin de moi. Je ne veux absolument rien avoir à faire avec vous.

— C'est *vous* qui m'avez appelée, se défendit-elle. Et c'est *vous* qui êtes venu chez moi, sans y avoir été *invité*. Alors, visiblement, c'est vous qui voulez vous mêler de ma vie.

— Vous pouvez absolument m'oublier tout de suite. Et je ne veux plus rien avoir à faire avec vous, ni maintenant ni jamais !

Et il raccrocha.

Si elle était quelque peu susceptible, elle se serait offusquée de la façon dont ces hommes lui parlaient. Cependant, puisqu'elle comprenait qu'ils étaient plus effrayés qu'autre chose, elle était capable de les dédouaner pour leur attitude et leur comportement.

Quand il la rappela un peu plus tard, il ajouta :

— Je le pensais ! Restez hors de ma vie !

Et une fois de plus, il raccrocha de lui-même.

Doreen fixait son téléphone et secoua la tête. C'était encore lui qui l'avait appelée, alors ce n'était pas comme si elle devait le dire à Mack, de toute manière. Mais quand elle reçut ensuite un message de Pengo, dans lequel il répétait **Je le pense**, elle lui répondit par un SMS. **C'est vous qui avez lancé toutes nos conversations… à trois reprises maintenant. Alors, de toute évidence, il se passe quelque chose.**

Cette fois, il lui répondit par un coup de téléphone.

— Sortez de ma vie ou sinon…

— C'est une menace ? lui demanda Doreen, intéressée.

Le ton de Pengo se fit plus méchant.

— Non, mais si vous continuez à me harceler, ça pourrait.

Et là-dessus, il raccrocha. Encore.

Elle ne savait même pas comment *elle* pouvait *le* harceler puisqu'elle avait l'impression que c'était lui qui la harcelait. Mais elle n'avait jamais connu ça auparavant et était quasi certaine que Mack n'en serait pas très ravi. Mais cela allait de pair avec tout le reste dans sa vie ces jours-ci. Pile quand elle essayait d'aider les gens, tout le monde semblait prendre les choses dans le mauvais sens.

Décidant de s'en moquer, elle repoussa cela dans un coin de son esprit. Puis elle entendit de nouveau la voix de Nan, lui cassant les pieds pour qu'elle porte une belle tenue pour la fête de Noël. Doreen soupira. Nan avait raison : elle devait porter quelque chose de spécial pour la fête et cela devenait un problème qu'elle allait devoir résoudre rapidement. Elle détenait encore des vêtements de Nan ici, mais y avait-il quelque chose qu'elle pourrait porter ?

Elle y réfléchissait tout en montant à l'étage. Ce serait mieux que d'aller faire les magasins, selon elle. Elle ignorait à quel moment elle était devenue cette personne qui détestait faire du shopping, peut-être lorsqu'elle avait réalisé que l'argent de son porte-monnaie n'atteignait plus le niveau de ses précieuses cartes de crédit. Son mari avait toujours insisté pour qu'elle s'habille convenablement et il avait toujours eu le dernier mot quant à la signification de « convenable-ment ». Mais voilà qu'elle essayait de trouver une solution d'elle-même et c'était pour le moins épuisant.

Elle parcourut la penderie de Nan et y dénicha une robe noire. Le noir pourrait convenir, mais pas pour une fête de Noël… Sa tenue ne devrait pas évoquer des funérailles… c'est en tout cas ce que Nan dirait selon elle. Le problème en faisant son shopping dans l'armoire de Nan, c'était que cette dernière aimait les couleurs pétantes, audacieuses et spectacu-laires. Pourtant, pas une robe rouge ne s'y trouvait, ni même une autre aux allures de Noël. Il y avait cependant une robe d'un vert aussi profond que celui d'une forêt…

Elle la sortit et la considéra. Peut-être que si elle avait quelque chose pour aller avec, comme une veste couleur crème et des chaussures à talons assorties ou même rouges… Mais cela pourrait trop la faire ressembler à un sapin de Noël. Elle passa en revue son dressing et, ravie, en sortit quelques affaires qu'elle avait gardées de l'époque où elle avait emménagé ici. Et effectivement, elle trouva ce qu'elle estimait être une très belle tenue.

Elle l'enfila, tourna sur elle-même et sourit avant de prendre rapidement un selfie et de l'envoyer à Nan. Celle-ci la rappela et semblait avoir la gorge serrée.

— Oh, ma chérie, tu es absolument jolie !

Doreen sourit et remercia le Ciel car cette tâche avait été démentielle et elle appréhendait l'idée de devoir recommen-cer à zéro.

— J'avais peur que tu me dises que ça ne fasse pas assez Noël.

— Non, je trouve cela tout simplement joli. J'ai acheté cette robe il y a si longtemps !

— Ça fait trop vieux, tu crois ?

— Non, ce style a fait son retour pour être honnête. C'est l'une de ces pièces indémodables que tu peux porter sans avoir à t'en soucier, dit Nan tout bas. Mais quelques bijoux ne feront pas de mal à la tenue toutefois.

— Je jetterai un œil, promit Doreen. Une dernière chose, Nan.

— Oui, ma chérie ?

— Je n'ai jamais trouvé de gui pour la fête…

— Oh, ce n'est rien, ma grande. Tant que tu es là, c'est tout ce que je veux.

Et elle mit fin à l'appel.

Quand on frappa à sa porte, elle descendit les escaliers en courant ; il s'agissait du livreur avec le collier de sa grand-mère.

Désormais, Doreen voulait le porter pour la fête de Noël, mais si elle faisait ça, elle ne pourrait pas faire un cadeau surprise à Nan, alors elle rejeta cette idée. Mais il lui revint alors en mémoire quelques autres pièces qu'elle aurait pu avoir mises de côté. Elles n'étaient pas chères… Plus des accessoires chargés de souvenirs spéciaux qu'autre chose. L'un était une chaîne en or composée de cinq rangées. Elle le mit et retrouva le sourire. Cela ferait très bien l'affaire.

Elle se changea en vitesse, rangea le collier de sa grand-mère pour l'emballer plus tard, se rendit au rez-de-chaussée, ayant entendu un bruit à la porte d'entrée. S'attendant à recevoir un autre colis, elle s'en approcha et ouvrit la porte sans crier gare. Et elle y découvrit Pengo.

Il se tenait là, la regardant méchamment.

Elle secoua la tête.

— Vous risquez de devenir une vraie corvée. J'ai entendu quand vous n'avez cessé de me dire que c'était moi qui vous embêtais, mais la vérité, c'est que c'est vous, qui m'embêtez.

— Non, rétorqua-t-il brutalement.

— Désolée d'avoir à vous annoncer ça, mais vous revoilà sur le seuil de ma porte.

— Je veux que vous laissiez ça tranquille.

Doreen fronça les sourcils.

— Pour commencer, je n'ai pas forcé. Je voulais juste que vous sachiez que votre ami était mort et voyez dans quelle pagaille ça m'a menée !

— Ce n'était pas mon ami.

Elle le dévisagea puis acquiesça.

— C'est évident, vu comment vous vous êtes comporté.

Il rougit et ajouta :

— Écoutez, mademoiselle. Je ne veux pas d'histoire avec ça. Je n'avais rien à voir avec le crime à l'origine et je ne veux pas que ça devienne le cas aujourd'hui.

— Intéressant, marmonna-t-elle, tout en l'étudiant.

Mais le truc, c'est qu'elle le croyait. Elle soupira.

— Okay, si vous dites que vous ne l'avez pas fait, vous ne l'avez pas fait.

— Alors, c'est tout ?

— Oui, je ne poursuis pas dans cette voie de toute manière. Ça ne mène nulle part de toute évidence, dit-elle en haussant les épaules. Cependant, si vous savez quelque chose, c'est clairement dans votre intérêt de me le dire.

— Hors de question, répondit-il d'un ton plus détendu. Vous êtes tout bonnement du genre à vous lancer pour causer des ennuis à quelqu'un d'autre.

— Quelqu'un d'autre qui aurait pu s'en sortir dans un meurtre ?

— Un meurtre ? hoqueta-t-il en haussant les sourcils. Hé, qui a parlé de meurtre ? C'était un vol, à l'époque.

— Oui, bien sûr que c'était un vol. Mais votre ami Brandon a pu avoir été assassiné pour ça.

Chapitre 17

PENGO OPINA PLUSIEURS fois du chef.

— Je n'ai rien à voir avec ça.

— Vous dites tout le temps ça et pourtant, vous revoilà devant ma porte, lui dit-elle, ce qui lui valut un regard hargneux. Je sais, je sais. Selon vous, je ne suis qu'une casse-pieds.

— Ouais, sans blague, rétorqua-t-il. Pourquoi vous essayez de causer des ennuis ?

— Je n'essaie pas d'en causer, mais ça en a causé à quelqu'un d'autre.

— Mais cette personne est morte, alors ça ne devrait pas avoir d'importance.

Doreen soupira.

— Peut-être, peut-être pas, mais là encore, si vous savez quelque chose…

— Je ne dirai rien aux flics. Ils n'ont rien fait pour moi. Je ne ferai rien pour eux.

— Très bien. Dans ce cas, vous pouvez vous en aller. Ne tombez pas, dit-elle en indiquant les marches. Je n'ai pas encore mis d'antigel.

Pengo la dévisagea un moment.

— Je devrais tomber et ensuite vous attaquer en justice, marmonna-t-il en descendant les marches, avant de se tourner pour s'adresser de nouveau à elle. Vous allez me lâcher la grappe, n'est-ce pas ?

— Et vous ? Parce que je ne vois qu'une seule personne qui continue de prendre contact avec moi dans cette histoire et ce n'est pas moi qui vous ai contacté. Je me préparais juste pour une fête de Noël.

— Je vois, grommela-t-il. Il y a cette grande fête à la maison de retraite… Ma sœur y va.

— On dirait que la moitié de la ville a été invitée, commenta Doreen en haussant les épaules avec ironie.

— Je n'ai pas reçu d'invitation, bredouilla-t-il.

Elle le regarda et lui sourit.

— Vous voulez y aller ?

—Ah ça, non ! La dernière chose que je veux, c'est me retrouver enfermé dans une pièce avec une bande de personnes âgées.

— Oui, je suis sûre que non… Mais parole d'honneur, ils s'amusent probablement plus que vous.

Il lui jeta un dernier regard et s'en alla brusquement.

Cela divertit Doreen, sachant que c'était sans doute vrai. Mais sa visite mit sur le tapis quelque chose d'autre sans aucun rapport et ça l'inquiétait. « Sans rapport » et « inquiet » étaient synonymes de mauvaises nouvelles à un moment donné pour quelqu'un. Elle y songea un instant puis s'adressa à Mugs :

— Qu'allons-nous faire pour cela, Mugs ?

Il lui répondit par quelques petits aboiements et se coucha.

— Tu penses qu'on doit laisser tomber, n'est-ce pas ?

Il aboya de nouveau.

— Tu as sans doute raison. De plus, Mack en serait vraiment fâché. Et puis si nous sommes en retard pour la fête, tu sais comme Nan en sera contrariée.

Et Doreen ferait tout pour éviter de briser le cœur de Nan. Et ce serait exactement ce qui se produirait si Doreen se pointait tard ce soir. Elle poussa un grognement.

— Très bien, allons nous préparer avant de nous y rendre. Je ne sais pas si nous sommes censés arriver tôt ou pas.

Nan ferait une crise si elle pensait que Doreen ferait quelque chose de *mal*. Si cela voulait dire arriver tôt, vous étiez censé arriver tôt. Cependant, si vous étiez censé arriver tard, alors il fallait arriver tard. Elle envoya un SMS à Nan, lui demandant si elle était censée arriver plus tôt ou plus tard.

Nan lui répondit en l'appelant.

— C'est une question stupide. C'est une fête !

— Je sais que c'est une fête. C'est pour cela que je te pose cette question. Je ne veux pas que tu sois gênée car je ne sais pas comment me comporter à ce sujet.

— Tu ne m'embarrasseras jamais, mon enfant, lui dit-elle gentiment. Tu peux venir à l'heure que tu veux. Mais je sais que Mack arrivera sans doute un peu tard.

— Très bien, marmonna Doreen. Je serai un peu en retard aussi, comme ça, je ne serai pas trop en décalage avec Mack.

— Oh, c'est bien ! dit Nan, la voix rieuse. C'est bon de vous voir tous les deux autant en phase.

Doreen arriva en effet un peu en retard à Rosemoor, mais juste parce que ses animaux semblaient bien trop énervés. Elle était inquiète de les emmener puisqu'il y aurait vraiment foule. Toutefois, elle estimait que ce n'était pas bien non plus de ne pas les emmener alors qu'ils méritaient aussi des remerciements car il n'était pas uniquement question de Doreen. Alors elle se devait de les prendre avec elle. Ils formaient une équipe après tout et elle était déterminée à ce qu'ils aient le droit de s'amuser et de lui voler la vedette.

Ayant mis un nœud papillon à Mugs, elle tenta d'épingler un petit ruban de Noël sur le dessus du collier de Goliath et pour ne pas être en reste, Thaddeus était également coiffé d'un petit nœud. Elle se mit doucement en marche, se demandant si elle aurait dû prendre le volant par ce froid et elle se rendit rapidement compte qu'il faisait bien trop froid pour marcher jusque là-bas. Retournant chez elle, elle mit tout le monde dans la voiture et désormais tous prêts, elle conduisit jusque Rosemoor, découvrant sur place qu'il était impossible de trouver un endroit pour se garer. Elle fit le tour tout en rouspétant, réalisant qu'elle se trouverait encore à quelques blocs, mais c'était le mieux à faire.

Elle sortit du véhicule, attacha la laisse à Mugs et Goliath puis posa doucement Thaddeus sur son épaule, inquiète de le voir faire sérieusement de l'œil à son collier doré étincelant. Il pourrait finir par embarrasser tout le monde s'il décidait de faire une chose qu'il estimait devoir faire. Marchant vers l'entrée de devant, les portes s'ouvrirent immédiatement et elle fut accueillie par des cris de meilleurs vœux et de joyeux Noël. Elle rit en découvrant le personnel comme les petits vieux qui l'attendaient. À son arrivée, les acclamations retentirent de toutes parts.

Elle secoua la tête.

— Bon sang, les amis ! Franchement, ce n'est pas comme si vous ne m'aviez pas vue cette semaine !

— Ah mais tout ça, c'est pour toi ! déclara l'un d'eux, un

grand sourire aux lèvres.

— C'est pourquoi j'ai amené les animaux. J'espère vraiment que ça ne pose pas problème.

— Bien sûr que non. Vous serez toujours les bienvenus, toi et tes animaux, lui répondit la directrice.

Doreen rit.

— Je suis vraiment contente que tu sois d'accord car ça m'inquiétait.

— Non, toi et les animaux formez un ensemble, souligna la directrice, et nous le savons. Tout va bien.

Doreen s'avançant, elle fut surprise de voir un couple se tenir sur son chemin, hésitant, comme s'ils étaient réticents à l'idée de trop approcher, peu sûrs d'être les bienvenus. De toute évidence, ils l'étaient puisqu'ils étaient ici ! Mais en y regardant de plus près, Doreen remarqua qu'il s'agissait de Pengo et de sa sœur, Miriam. Elle regarda l'homme, surprise.

— Voyez-vous ça ! Vous avez décidé de venir finalement.

Il se tourna pour la regarder méchamment, mais sa sœur s'interposa :.

— Oui, répondit-elle, regardant Doreen avec un sourcil levé. Je ne pensais pas que les animaux étaient invités, cela dit.

— Ah, eh bien, dans ce cas, vous auriez tort, répondit gaiement Doreen. Les animaux vont où je vais. Nous sommes une équipe.

— Alors, c'est vous Doreen ? lui demanda Miriam ? Celle pour qui tout cela a été organisé, hein ?

— Oui, je suis Doreen, confirma cette dernière en acquiesçant.

— Il me semblait qu'il y avait quelque chose de familier chez vous mais je n'arrivais pas à trouver quoi. Qu'est-ce que vous vouliez à mon frère ?

— Lui parler, mais il semblait s'être fait une mauvaise idée sur la question. Je voulais juste le prévenir au sujet de Brandon. Et maintenant, c'est lui qui m'enquiquine, expliqua-t-elle, se tournant pour le regarder, lui.

— À peine, répondit-il d'un ton boudeur en la fusillant du regard. Elle est dingue, ajouta-t-il pour sa sœur.

Miriam s'immobilisa, mais ses yeux s'agrandirent.

Désormais, Doreen ne connaissait que trop bien ce regard.

— Ouais, c'est moi, dit-elle joyeusement. Je suis la fille dingue qui se mêle de tous ces *cold cases*.

— Donc vous essayez *bien* de résoudre cette affaire, dit Pengo en se tournant pour lui faire face.

— Excepté que vous m'avez dit ne pas être impliqué. Alors si vous ne l'êtes pas, vous ne l'êtes pas ! rétorqua-t-elle en haussant les épaules. Alors, il n'y a rien d'autre à en dire.

— En effet, et je suis sincère.

— Bien sûr. Et je vous crois.

— Ah oui ?

— Oui.

— Oh…

Il ne semblait pas savoir quoi répondre à cela.

Doreen rit puis lui tapota l'épaule.

— Tout va bien, vous savez ? Certaines personnes vous croiront. Et maintenant, allez vous servir du punch et vous détendre, que vous puissiez profiter la fête.

Doreen désigna ce qui se trouvait à côté, les rafraîchissements et de quoi grignoter.

— Je n'ai pas mangé de la journée, marmonna-t-il, commençant à trouver l'idée séduisante. Je peux aller te chercher du punch ? proposa-t-il à sa sœur.

— Bien sûr. J'aimerais parler à Doreen une minute.

Il acquiesça et se rendit à la table des rafraîchissements, puis alla rapidement se perdre du côté de la table des mets.

Doreen l'observa prendre de quoi manger à deux mains et cela la fit rire.

— Il a vraiment faim, hein ? Comment allez-vous ? demanda-t-elle en souriant à la sœur.

— Je vais bien, répondit Miriam, mais son regard était pensif et sévère. Je me demande juste pourquoi vous ennuyez mon frère. Vous ne m'aviez pas dit que vous le considériez comme un suspect dans une affaire. Si j'avais su, je ne vous aurais jamais indiqué cette direction.

Doreen haussa les épaules.

— Je ne savais pas s'il avait quelque chose à voir avec ça ou non. Je posais juste des questions. Il a dit que non, alors peu importe. De plus, je l'avais contacté pour lui apprendre le décès de Brandon.

— Et c'est tout ? Vous allez simplement le croire ?

— Oui, je vais simplement le croire, répéta Doreen.

Elle n'évoqua pas le fait que sa boussole interne était relativement solide et que Doreen savait cerner les gens. Mais si Pengo envoyait toutes sortes de bonnes vibrations sur le sujet, Miriam, non. Doreen s'intéressa donc à la sœur de Pengo.

— Vous ne le croyez pas ?

Elle secoua la tête.

— Évidemment que si. C'est mon frère.

— Mais ce n'est pas une excuse, fit remarquer Doreen. Un sacré paquet de frères là dehors demeurent des criminels.

— Oui, mais c'est mon frère et je le connais très bien.

— Vous connaissiez aussi Brandon ?

Elle confirma d'un hochement de tête.

— Oui. Je dois avouer qu'à l'époque, il ne semblait pas

être un aussi mauvais gars. Ça a vraiment été une surprise quand il est tombé pour tous ces crimes.

— Et il pourrait n'avoir été coupable que de certains d'entre eux. Il a admis avoir pris un mauvais chemin et avoir eu de mauvaises fréquentations qui l'ont guidé vers cette mauvaise voie, mais il a laissé derrière lui quelques notes détaillées…, ajouta allègrement Doreen. Je n'ai pas encore eu l'occasion de tout consulter.

— Des notes ? demanda craintivement Miriam.

— Oui, des notes, confirma Doreen. Il voulait écarter tout soupçon concernant au moins l'une des dernières accusations dont il était innocent. Il s'est confessé et a plaidé coupable pour les crimes qu'il a commis mais était catégorique sur son innocence pour l'un d'eux.

— Vraiment ? demanda Miriam en fixant Doreen.

— Oui, vraiment ! Et puis il est mort avant d'avoir eu la chance d'agir.

— Alors pourquoi ça intéresserait quelqu'un aujourd'hui ? interrogea Miriam dans un haussement d'épaules. Enfin, il est mort.

— Oui, il l'est et peut-être que des personnes s'en fichent, mais pas moi.

— Évidemment, pas vous, grommela Miriam. Ce côté fouineur fait intégralement partie de vous, hein ?

— Je ne sais même pas ce que ça veut dire, admit Doreen en la dévisageant. Cependant, je peux vous dire que s'il y a une réponse facile à cette question, j'essaierai de la trouver.

— Pourquoi ? Brandon s'en moque maintenant.

— Peut-être, mais une injustice a été commise.

— Effectivement, une fouineuse, marmonna Miriam. En tout cas, ça n'a rien à voir avec moi.

Comme elle s'apprêtait à s'éloigner, Doreen, sans la quitter des yeux, lui demanda :

— Vous êtes sûre ?

Chapitre 18

DOREEN OBSERVA MIRIAM cesser de bouger devant elle avant de pivoter lentement et de la regarder tout aussi prudemment.

— De quoi vous parlez ? lui demanda Miriam d'une voix sévère.

Tandis qu'elles discutaient, le bruit de la foule s'était soudain calmé, alors ses paroles avaient retenti anormalement fort.

Doreen dévisagea Miriam avec surprise, tout le monde s'étant tourné pour épier Doreen et la femme avec qui elle parlait.

Miriam rougit et la fusilla du regard.

— Pourquoi dire ça ? L'interrogea-t-elle dans un murmure rauque.

— Je me posais juste la question puisque vous semblez si bien connaître Brandon. Je veux dire, vous devez réfléchir à ce que vous savez et ce que vous ignorez. J'assumerais juste que si vous connaissez déjà Brandon, vous en savez plus que ce à quoi vous vous attendiez.

Miriam secoua la tête.

— Ça n'a pas de sens.

— Un tas de trucs que je fais n'ont pas de sens, admit Doreen. C'est juste la façon dont fonctionne mon cerveau, qui est visiblement tout tourneboulé.

— Sans blague, commenta Miriam en toisant Doreen. Je ne veux pas que vous disiez des choses qui m'attireraient des ennuis.

— Bien sûr que non, dit Doreen en souriant. Ce n'est pas mon intention.

— En êtes-vous sûre ? J'ai bien l'impression que vous fouillez…

— Si je fouille, quelle différence ça fait ? Vous avez dit connaître Brandon et que vous le connaissiez avant que tout cela n'arrive.

— Oui, mais je ne le connaissais pas *tant que ça*.

— Mais c'est le cas, la contredit Pengo qui s'approchait tranquillement, la bouche pleine. Vous êtes même sortis ensemble un moment !

Miriam dévisagea son frère.

— Oui, mais pas très longtemps.

— Ça a duré plus d'un an, si ce n'est plus longtemps ! rappela-t-il à Miriam, la regardant avec un air contrarié. Tu ne me l'avais même pas dit. Je l'avais découvert grâce à quelqu'un d'autre. Comme si tu le cachais, dit-il, mécontent.

Miriam poussa un grognement.

— Ça n'a pas d'importance que je te l'ai dit ou pas.

— Sauf que tu viens de dire que tu ne le connaissais pas.

— Alors la question qui se pose est : avez-vous été mêlée à l'une des affaires louches de Brandon ? les interrompit Doreen.

— Bien sûr que non !

— Si, c'est arrivé, la contredit Pengo en la regardant attentivement. Enfin, ça fait clairement longtemps et tu n'es plus mêlée à ça aujourd'hui, mais c'était le cas à l'époque.

— Non, c'est faux, rétorqua Miriam.

— Si, c'est vrai ! Tu refourguais certains de ses objets et c'est comme ça que tu as obtenu l'argent pour lancer ton restaurant chic !

Doreen observait, amusée, la sœur essayait de faire taire son frère, qui n'avait de toute évidence aucun problème pour causer. Sans parler du fait qu'il avait apparemment bu quelques verres de vin assez rapidement et que des rougeurs faisaient leur apparition sur ses joues.

— Vous appréciez le vin, Pengo ? lui demanda Doreen.

— Oh, ça oui ! répondit-il. Ce n'est pas un si mauvais endroit pour faire le plein ! J'ai l'impression d'avoir eu un vrai repas depuis longtemps.

Doreen lui sourit.

— Et votre sœur ? Comment allait-elle ces derniers temps ?

— Oh, elle se fait du fric à foison dans son commerce jouxtant des restaurants. Ça a toujours été un bon emplacement.

— Je me *faisais* du fric à foison, rectifia la concernée, mais les choses sont devenues plus compliquées récemment.

— Tu l'as déjà dit avant, lui dit-il en hochant la tête, mais après, tu es partie acheter cette maison. Je n'ai pas de maison…, marmonna-t-il en la fusillant du regard. Merde, je n'ai même pas d'endroit décent où vivre.

Il la regardait tristement, comme si elle était responsable de toutes les maladies dans le monde. Miriam pesta.

— Si tu n'avais pas dépensé tout l'argent qu'il te restait de tous les côtés, tu en aurais sans doute encore pour le dépenser dans un endroit où vivre.

— Si tu n'avais pas reçu énormément d'argent de Brandon avant sa mort, j'en aurais un peu.

Un autre silence pesant encercla Miriam, tout le monde se rapprochant davantage.

Doreen ne savait pas trop ce qu'il se passait, mais c'était intéressant.

— Pourquoi Brandon lui aurait-il donné de l'argent ? demanda-t-elle à Pengo par curiosité.

— Elle a donné naissance à son fils.

— Oh, une pension alimentaire, dans ce cas ?

— Ouais, pension alimentaire, dit-il, mais je ne crois pas que ce soit son gosse, à Brandon.

Là, la sœur se tourna pour s'adresser brutalement à lui.

— Tu vas te taire !

Pengo ricana.

— Enfin, c'était une bonne arnaque, si on peut appeler ça des arnaques. Une super escroquerie, vraiment. Ça t'a rapporté pas mal de fric avec les années, dit-il en souriant. J'aurais aimé être une femme pour pouvoir faire des coups comme ça. Tant d'hommes finissent par payer pour des gosses qui ne sont même pas les leurs et ça n'a même pas d'importance. Ils n'ont pas leur mot à dire là-dessus, dit-il avant de se mettre à rire. Mais non, ajouta-t-il, parlant directement à Doreen. Miriam est assez futée quand il est question de ça.

— L'est-elle vraiment ? s'enquit Doreen, peinant à masquer son sourire, car Pengo était en train de raconter tous les secrets de sa sœur. Je me demande si Brandon l'a découvert ?

— Ah, peut-être, oui, répondit Pengo. Elle m'a dit qu'ils ont eu une énorme dispute.

— Intéressant, marmonna Doreen en se tournant pour s'adresser à la sœur. Quand avez-vous vu Brandon pour la dernière fois ?

— Ce ne sont pas vos affaires, rétorqua Miriam d'un ton qui fit lever les sourcils de toutes les personnes autour d'eux.

— Elle l'a vu le jour de sa mort, dit Pengo. Je sais qu'ils parlaient au téléphone à propos de se retrouver en personne. Brandon avait un trajet à faire et il fallait qu'il s'y mette.

— Intéressant, répéta Doreen. C'est fascinant, ajouta-t-elle en se tournant pour faire face à Miriam.

— Ouais, il lui a filé un chèque d'un sacré montant, mais elle en voulait plus. Il lui a dit qu'il n'en avait plus. Mais qu'il se lançait dans une affaire et qu'il espérait que cela suffirait à payer ses factures. Que c'était difficile de trouver un boulot quand on avait un casier, ce qui, bien sûr, l'a fait replonger dans tous ses petits travers.

— Bien entendu, répondit Doreen, voulant que Pengo continue de parler. De plus, s'il paie la pension alimentaire et que ce n'est même pas son enfant, cela ferait bien du mal aux finances de Brandon, sans parler de la trahison. Surtout qu'il avait déjà une trahison en tête puisqu'il a payé pour un crime qu'il n'avait pas commis.

— Exact, dit Pengo. Mais ce n'était pas moi, alors ne me mettez pas ça sur le dos, dit-il, alarmé. Je vous l'ai déjà dit.

— Je sais, lui répondit-elle avec un signe de tête et un sourire.

Pendant ce temps, sa sœur reculait doucement vers la porte principale. Doreen vérifia les alentours pour savoir comment elle pourrait mettre fin à cela ou au moins obtenir les réponses qui, elle en était sûre, couvaient juste sous la surface. Puis elle capta le regard de Mack qui la dévisageait, les poings sur les hanches, bloquant la sortie. Doreen lui fit un grand sourire, ravie.

Miriam se tourna pour regarder derrière elle et demanda à Doreen :

— À qui vous souriez ?

— Oh, c'est Mack, un très bon ami à moi, rétorqua Doreen avec un sourire en coin.

Miriam pesta.

— Vous avez des amis ? dit-elle en roulant des yeux.

— Oh oui, j'en ai bel et bien. Ça me surprend, moi aussi.

— Ouais, sans blague, marmonna Miriam.

Doreen jeta un coup d'œil à Mack qui secouait la tête à la façon dont se déroulait la conversation. Mais Doreen n'en avait pas tout à fait terminé. Elle se tourna vers le frère.

— Vous savez si Miriam possède une arme ?

Pengo leva les sourcils.

— Je n'en ai aucune idée, répondit-il avant de s'immobiliser et de réfléchir. Mais maintenant que vous le dites, Brandon, oui.

— En tant qu'ancien escroc, il avait une arme ?

— Ouais, je lui avais dit que c'était un mauvais plan et il avait conscience que c'était pas génial, mais la prison lui avait aussi appris à être très méfiant. Alors Brandon se sentait mieux en l'ayant, même s'il ne savait pas trop comment s'en servir, dit Pengo avant de rire. Il était comme ça... C'était l'un de ces mecs qui était toujours à fond et peu importe si ça avait du sens ou pas. Alors quand il a reçu un appel pour refaire ces petits boulots comme il faisait avant, il a sauté sur l'occasion, dit Pengo avant de s'adresser à sa sœur. Tu te souviens, ce boulot qu'il a fait avec la bijouterie ? Brandon n'aurait jamais dû se mêler de cette histoire-là.

Pengo secoua la tête et rit.

— Ouais, et votre sœur avait organisé celui-là, non ? demanda Doreen à Pengo.

— Oh, ça, ouais.

— C'est faux ! rugit Miriam.

À présent, tout le monde les encerclait et Nan tenait son petit cahier et un crayon dans la main. Doreen secoua la tête. Sa grand-mère était sans doute en train de prendre les paris sur le dénouement. Doreen grogna, ne s'étant pas vraiment attendue à attirer autant l'attention à cette fête.

Doreen s'adressa au groupe :

— Je suis sûre que c'est une chose dont quelqu'un aimerait parler à Miriam.

— Je ne parlerai à personne, rétorqua sèchement l'intéressée.

— J'ai encore une question, dit Doreen, prenant un moment pour l'intimider du regard. Vous avez toujours l'arme ?

— Non, je n'ai pas l'arme et je ne l'ai jamais eue. Et c'était celle de Brandon, souligna-t-elle. Je ne m'en suis jamais servie.

— Si, tu l'as fait, dit son frère en le regardant avec un air étonné. Je t'ai moi-même appris à tirer avec !

— Et maintenant ? s'enquit Doreen en hochant la tête. Vous ne vous en êtes pas servi le dernier jour de la vie de Brandon, n'est-ce pas, Miriam ? lui demanda-t-elle en levant un sourcil interrogateur. C'est ce que les esprits curieux aimeraient savoir.

Miriam la dévisageait.

— Vous me prenez pour une idiote ?

— Non, pas nécessairement, répondit Doreen, mais je pense sincèrement que vous avez certainement tiré un coup de feu sur Brandon lors de son ultime journée. Il a probablement découvert votre arnaque à la pension alimentaire, possiblement auprès de votre frère ici présent. Tout cet argent que Brandon vous a donné était de l'argent dont il avait désormais besoin pour survivre. Tout cet argent payé pour un enfant qui n'était même pas le sien.

— Possible, marmonna Miriam, pour la partie pension alimentaire. Mais je ne l'ai certainement pas tué. Il est mort dans un accident.

— Oh, nous y voilà ! dit Pengo. *Tu* as menti !

— Non ! rétorqua-t-elle aussi brutalement à son frère. Mais tais-toi juste !

— Tu m'as appelé en panique ce jour-là, dit-il avant d'ouvrir grand la bouche et de rétrécir son regard, comme s'il venait tout juste de comprendre. Tu as tiré sur Brandon ?!

— Il est mort dans un accident de camion, tu as oublié ? Tu es tellement idiot !

— Oui, il est mort ainsi, s'immisça Doreen, mais on lui a d'abord tiré dessus. Par contre, je ne sais pas si vous lui avez tiré dessus quand il était dans le véhicule ou si vous l'avez fait et qu'il est remonté dans son camion pour s'enfuir et qu'avec la panique, il a causé un accident. Dans tous les cas, c'était votre doigt sur la détente.

— Vous ne savez rien ! cracha Miriam. Vous ne pouvez pas prouver que cette arme était dans ma main. Impossible.

— Elle est à la maison en tout cas, si quelqu'un veut aller vérifier, confia Pengo sans détourner le regard de sa sœur. Est-ce que tu as tué Brandon ? Ne me dis pas que tu as fait une chose pareille… Ce serait trop affreux, rien que d'y penser.

Sa sœur se tourna vers lui pour le dévisager.

— Tais-toi ! cria-t-elle. Pourquoi est-ce que tu ne peux pas juste la fermer ?!

— Parce que même pour Pengo, un meurtre serait la chose de trop, dit Doreen en observant Miriam.

— Oui, c'est mal, si mal, Miriam. Tu n'as même pas

d'enfant et tu dépouillais Brandon de son argent. Tout ce que tu sais faire, c'est arnaquer, gémit Pengo, levant les mains de frustration. C'est toi la responsable de ce cambriolage qui a valu tant d'ennuis à Brandon ! Il est allé en prison pour toi, pour l'amour de Dieu !

— Avez-vous dit à Brandon que Miriam était derrière ce cambriolage ? lui demanda Doreen.

— Non, je ne l'ai pas fait. C'est ma sœur, après tout.

— D'accord, dit Doreen en opinant du chef.

Son regard capta l'expression de Mack qui, fasciné, observait le couple.

— Mais un meurtre ? C'est un peu trop gros pour l'ignorer.

— Ouais, un meurtre, ça fait vraiment trop pour l'ignorer, dit Pengo en se tournant pour dévisager sa sœur. Enfin, tu as volé son fric, mais bon sang, tu n'avais pas à lui voler la vie ! Franchement ! dit-il en le regardant méchamment.

— Il voulait me balancer. Il voulait s'assurer que je paie ! s'écria Miriam, lui retournant son regard comme si elle voulait qu'il la comprenne. Hors de question que je fasse ça !

— Alors, vous l'avez simplement tué, dit Doreen.

Là, Miriam se tourna pour la toiser.

— Je ne dirai rien.

— Vous en avez déjà dit bien assez, lui répondit Doreen.

— Oh, quel dommage que vous ne puissiez rien prouver ! dit Miriam, se tournant à la recherche d'une sortie, uniquement pour découvrir Mack qui se tenait devant la porte, les bras croisés tout en la fixant du regard.

Elle revint alors à Doreen.

Celle-ci haussa les épaules.

— Voici Mack. C'est le détective dans l'affaire de Brandon.

Miriam hoqueta et pâlit, tandis que son frère éclata de rire.

— Bon Dieu ! cria Pengo. Après tout ce temps, tu vas peut-être enfin payer pour tes crimes !

Elle pivota alors vers lui.

— Et tes crimes, à toi ?

— Je n'ai jamais rien fait qui soit aussi mal que ça, déclara-t-il, son sourire s'effaçant sous l'amertume. Tu n'avais pas à le duper avec une pension alimentaire pour un enfant que tu n'as même pas !

— Il était l'imbécile qui payait, dit Miriam, avec dédain. Et ça ne te regarde pas.

— Si, ça me regarde et tu as toujours été comme ça.

— Tu es juste en colère parce que je n'ai pas partagé.

Il secoua la tête.

— Non. Je n'aurais pas voulu me mêler de cette histoire-là, dit-il avant de hausser les épaules comme pour se débarrasser du mauvais karma. C'est si mal, à tant de niveaux !

— Oh, lâche-moi la grappe ! Ça n'a rien à voir avec toi et tu t'en fiches en vérité. Comme toujours.

— Brandon était vraiment un mec sympa, Mir, insista Pengo en l'appelant par son surnom, avant que sa voix ne se brise. Tu n'avais pas à le tuer.

— Je le devais pour l'empêcher d'en avoir après moi et rouvrir toutes ces fichues affaires judiciaires ! Même si je lui graissais la patte, il aurait su que c'était moi.

— C'était toi donc tu aurais simplement dû lui dire et cracher le morceau. Tu sais, votre accord régulier… Dire que tu es désolée, le rembourser, recoucher avec lui, dit Pengo en la regardant avec aigreur. C'est le genre de truc que tu ferais.

— Non, c'est faux.

Pengo leva les yeux au ciel.

Mack fit alors un pas en avant et Miriam pesta.

— Oh non, je ne suis pas venue là pour ça.

Elle commença à reculer mais fut prise dans les nœuds de la laisse de Mugs. Tandis qu'elle essayait de s'en extirper, Mugs aperçut Mack à travers la foule et courut vers lui, faisant décoller les pieds de Miriam du sol. Elle le heurta en poussant un grand cri et fut traînée jusqu'aux pieds de Mack, déjà ficelée comme un cochon plutôt qu'emballée comme un cadeau puisqu'il lui manquait un nœud.

Doreen regarda Mack et lui dit, tout sourire :

— Joyeux Noël !

Il lui lança un regard noir, mais dans la salle explosèrent les rires. Incapable de contenir le sien, Doreen éclata en petites salves.

— Joyeux Noël, en effet, marmonna Mack, les yeux baissés sur sa suspecte, soigneusement ligotée dans une laisse pour chien à ses pieds. Nom d'une pipe, Doreen. Tu sais pourtant que nous étions venus ici pour profiter de la fête !

— Ouais, je sais et j'en suis navrée, dit-elle avant de se tourner vers sa grand-mère. Je suis tellement désolée, Nan.

— Oh, ça n'est rien, déclara sa grand-mère, l'air absolument surexcitée. Mais vous n'allez pas devoir partir maintenant, si ? demanda-t-elle à Mack.

Là, Darren surgit et proposa :

— Je vais m'en charger. Ne vous en faites pas.

— Tu es sûr ? s'enquit Mack, soucieux.

— Bien sûr ! Je vais l'emmener au poste… Mais veillez sur mon grand-père, dit-il à voix basse, bien que plusieurs personnes, dont Doreen, aient pu l'entendre.

Elle se tourna et vit Richie, une bouteille de vin dans chaque main, dansant tout seul sur la piste. Elle fut secouée de rires.

— Marché conclu, Darren. Merci.

Et donc, Darren releva Miriam du sol, la libérant rapidement de ses liens.

— Ouais, je suis absolument partant pour m'occuper de cette affaire-là, dit-il avec un sourire malicieux.

— Je t'en dois une, lui dit Mack avant de froncer les sourcils, de désigner Richie qui essayait maintenant de faire la danse du serpent en faisant signe aux bouteilles de vin. Peut-être que c'est toi, qui m'en dois une.

Nan regarda Richie et hocha la tête.

— Tu marques un point, Mack.

Alarmé, Mack s'adressa à Darren.

— Rien n'est jamais simple quand Doreen est dans le coin.

Darren rigola.

— Non, en effet. De plus, il y a autre chose que tu dois faire ici ce soir, n'est-ce pas ?

Mack jeta un coup d'œil à Darren mais l'aida à escorter la suspecte jusqu'à la voiture.

Quand il revint à l'intérieur, Doreen lui sourit. En voyant l'expression de son visage, elle s'inquiéta.

— *Oh oh*, j'ai encore des ennuis ? Je ne devrais pas. Je n'ai rien fait.

— Tu n'as rien fait ? demanda-t-il, les sourcils levés jusqu'à la racine de ses cheveux.

— Pas vraiment. Je l'ai simplement convaincue de se confesser.

Mack y réfléchit brièvement et acquiesça.

— Je suppose que c'est vrai, non ?

— Absolument véridique, dit Nan, un grand sourire aux lèvres. Elle est vraiment douée pour ça.

— Je sais, mais ton timing aurait pu être meilleur, dit-il

à Doreen avant de soupirer. Très bien, je ne me fâcherai pas trop contre toi cette fois.

Doreen opina de la tête.

— Tu vois ? Je n'ai pas été blessée cette fois. Personne n'est venu me confronter chez moi… enfin, excepté Pengo, mais il est inoffensif. Alors j'ai bien agi cette fois, en résolvant ça devant toi, n'est-ce pas ?

Mack leva les yeux au ciel tout en grimaçant.

— D'ailleurs, Mack, n'étais-tu pas censé faire quelque chose ? lui demanda Nan, un large sourire sur le visage.

— Non, lui répondit-il en la fusillant du regard. Pas du tout.

Richie s'approcha en dansant, passa un bras autour des épaules de Mack.

— Si, c'est vrai. Si, c'est vrai.

Puis il fut emmené par quelqu'un pour danser avec lui.

Doreen regarda Mack, suspicieuse.

— Qu'est-ce que tu devais faire ?

— Rien, répondit-il en lui lançant à son tour un regard noir. Tu as complètement plombé l'ambiance.

— L'ambiance ? répéta-t-elle en le scrutant avec inquiétude. Tu vas bien, Mack ? Tu te sens mal ?

— Je me sens parfaitement bien, grommela-t-il.

Doreen fit un pas vers Mack, mais Mugs courut pour aller s'asseoir aux pieds de Mack.

— Qu'est-ce qui ne va pas, Mugs ? lui demanda Mack.

Le chien lui répondit par quelques jappements et Mack baissa alors les yeux vers lui.

— Qu'est-ce que tu veux là, mon pote ?

Personne ne put comprendre pourquoi Mugs se comportait ainsi et Mack finit par suggérer à Doreen :

— Tu devrais peut-être le faire sortir d'ici.

Dès que ces mots jaillirent de sa bouche, Mugs sauta et posa ses pattes dans le creux de ses jambes, le faisant tomber à genoux. Tout le monde se mit à rire et Mack avait le regard noir tout en se redressant, mais Mugs ne voulait rien savoir. Il courait autour de Mack et Goliath, loin d'être en reste, pourchassa rapidement Mugs, et Mack se retrouva saucissonné avec les deux laisses avant de retomber au sol, toujours sur les genoux.

Mack leva les yeux vers Doreen.

— Tu les as poussés à faire ça ?

— Non, je n'ai rien fait ! Je suis tellement désolée.

Elle courut vers lui et tenta de le libérer, mais ils finirent tous les deux à genoux au sol, à se faire face l'un l'autre. Doreen était morte de rire.

Mack la prit dans ses bras, tâchant de contenir son propre rire tout en essayant de ne pas être totalement coincé au sol.

— Avec toi, rien ne sera jamais normal, n'est-ce pas ? lui dit Mack.

Elle soupira.

— J'espère vraiment que ça ne t'embête pas, mais la réponse est non.

— Très bien, dit-il en secouant la tête avant d'observer Nan.

Doreen se remit debout et essaya de l'aider à se relever, mais il dit :

— Je ferais mieux de rester là.

Il mit la main à sa poche, releva un genou et dit :

— Doreen Montgomery, veux-tu m'épouser ?

Elle le dévisagea, stupéfaite, les lieux s'étant soudain faits silencieux. Mugs la regarda et jappa. Goliath miaula. Même Thaddeus passa la tête de sous ses cheveux et roucoula : « Thaddeus est là. Thaddeus est là. »

Mack s'adressa à lui :

— Je sais, mon grand, mais il faut qu'elle réponde à ma question.

Doreen le contempla, des larmes commençant à dévaler ses joues et Mack parut inquiet. Elle ouvrit la bouche pour parler, mais les mots ne venaient pas.

— Tu dois dire quelque chose, ma chérie, lui suggéra Nan en souriant. Autrement, Thaddeus le dira pour toi.

Immédiatement, Thaddeus ouvrit grand les ailes, heurtant le visage de Doreen tandis qu'il s'écriait : « Thaddeus aime Mack ! Thaddeus aime Mack ! »

Tout le monde s'esclaffa et s'exclama, et Mack, toujours en train de ricaner, finit par dire :

— C'est gentil. Je suis vraiment content que tu m'aimes, mon grand, mais j'ai vraiment besoin de savoir qu'elle ressent la même chose.

Thaddeus regarda Mack, inclina la tête d'un côté puis de l'autre avant de s'intéresser à Doreen. « Hé, hé, hé. Doreen aime Mack. Doreen aime Mack. »

Là, Doreen fut comme débloquée et se jeta d'elle-même dans les bras de Mack, atterrissant au sol à ses côtés. Il n'eut même pas la possiblité de se remettre debout puisqu'elle s'était accrochée à lui.

Il parvint maladroitement à se mettre sur ses pieds et à la relever. Les animaux s'enchevêtraient autour d'eux et Doreen s'écria :

— Oui, oui, oui !

Une explosion d'applaudissements résonna dans la salle et Mack se pencha pour embrasser Doreen.

Mack incarnait tout ce qu'elle avait toujours rêvé de voir se réaliser dans son avenir. Mais elle n'était pas consciente que son futur commençait là, juste devant ses yeux.

Chapitre 19

QUAND DOREEN S'ÉVEILLA le matin suivant, elle avait un grand sourire aux lèvres. Quant au déroulement des festivités, ça avait été quelque chose ! Même Nan l'avait appelée tard la nuit dernière pour s'exclamer qu'il n'y aurait plus jamais de fête de ce genre. Et elle avait félicité Doreen plusieurs fois, puis l'avait remerciée de lui avoir offert la meilleure des fêtes.

Doreen avait à peine compris de quoi elle parlait, mais apparemment, tout le monde avait passé un moment si extraordinaire que cela resterait l'un des plus chouettes événements que la ville ait connus. Et le fait que Doreen soit parvenue à résoudre d'une manière ou d'une autre un *cold case* insoupçonné pendant toute cette folie avait rendu la soirée encore meilleure.

Elle roula dans son lit et fit un grand sourire en voyant les animaux qui s'étaient glissés au lit avec elle, toute l'excitation de la veille les ayant complètement épuisés. Dans les recoins sombres de son esprit, elle entendit le téléphone sonner.

Elle souleva le combiné et constata qu'il s'agissait de Nan.

— Tu es réveillée, ma chérie ?

— Je le suis maintenant, mais la bonne nouvelle, c'est que je le suis depuis quelques minutes.

— Oh, tant mieux. Je trouve que c'était une fête absolument fantastique, pas toi ? Allons-nous en faire une autre pour le réveillon de la nouvelle année ?

— Oh, seigneur, gémit Doreen. Ce devra être une fête absolument quelconque, sans avoir à résoudre de *cold case*, si c'est ce dont tu parles. Je ne vais pas revivre ça.

— Tu es sûre ? demanda Nan, la déception transparaissant dans ses paroles. C'était si amusant !

— Peut-être, mais je ne pourrais pas recommencer.

— Oh, nous ne voulons pas tout recommencer, expliqua Nan, mais tout le monde a voté ce matin et ils ont tous été absolument emballés. Bien entendu, il y avait aussi une cagnotte mise en place, pour si tu obtenais une confession de Miriam ou pas et je suis contente de t'annoncer que Richie l'a remportée. Puis nous avons eu une très grosse cagnotte de Noël qui concernait Mack, s'il allait faire ou non sa proposition. Mais le gagnant était Thaddeus et nous en sommes tous encore très confus.

— Comment est-ce arrivé ?

— Nous avons permis à quelques personnes en dehors de Rosemoor de venir parier pour d'autres personnes qui leur tiennent à cœur. Ainsi, le nom sur la carte gagnante est… Thaddeus.

Après que Doreen eut raccroché avec sa grand-mère, elle était gonflée à bloc et heureuse, lorgnant la grosse bague scintillante à son doigt. Mack avait expliqué qu'elle avait été faite à partir des pierres trouvées dans la cache de bijoux découverte chez la mère de Mack.

Quand celle-ci l'appela un peu plus tard, Doreen était si

comblée et folle de joie qu'elle pouvait à peine le cacher.

— Comme le jardin n'a pas eu besoin d'entretien ces derniers temps, tu m'as terriblement manquée, avait confié Millicent. J'espérais trouver une excuse pour que tu viennes me rendre visite et pourtant, je n'ai rien trouvé.

— Et si tu me disais tout simplement que tu aimerais que je te rende visite ? lui suggéra Doreen.

— Mais tu es toujours si occupée. De plus, tu étais blessée pendant un temps.

— Je vais bien aujourd'hui, alors si je venais un peu plus tard dans la journée ?

— Ce serait chouette ! s'écria-t-elle joyeusement.

Après cet appel, Nick lui téléphona et la félicita.

— Tu étais déjà au courant ? lui demanda-t-elle, suspicieuse.

Il rit.

— Je savais que Mack l'avait en tête. Apparemment, c'était le véritable but de cette fête, pour que tout le monde puisse venir. Et je sais que tu ne le croiras pas car tu ne m'y as pas vu, mais j'étais là également.

— Mais non ! C'est vrai ?

— Oui et Maman aussi. Nous avons tout vu, mais avons dû rester cachés, sinon tu aurais pu le deviner avant. Mais Maman ne se sentait pas dans son assiette, alors j'ai dû la ramener chez elle plus tôt. Toutefois, une partie de moi est incroyablement jalouse de cette vie chaotique et extrêmement joyeuse que Mack aura avec toi. Mais une autre partie de moi pense que c'est bien aussi, de la paix et de la tranquillité.

Doreen rit à son tour.

— Et pourtant, certaines de ces choses sont surfaites.

— Oui, en effet.

Quand il prit congé, elle se leva, fit du café puis jeta un œil à l'extérieur et grimaça car il avait *l'air* de faire si froid ! Encore quelques jours avant que la période de Noël ne soit véritablement terminée et ensuite arriverait une toute nouvelle année. Elle sourit en y pensant. Tellement de choses étaient arrivées, tellement de bonnes choses durant toute cette année et jamais elle n'aurait pu imaginer, un an auparavant, que cela finirait comme ça.

Quand elle entendit la porte d'entrée s'ouvrir et sentit des mains chaudes l'enlacer et la tirer vers l'arrière, elle courba le dos et sourit.

— Bonjour.

— Bonjour, répondit Mack, se penchant en avant pour lui embrasser la joue.

La sienne était froide et cela amusa Doreen.

— J'en déduis qu'il fait très froid là dehors. J'étais en train de me demander si j'avais envie de prendre l'air.

Mack ricana.

— Non, je ne crois pas. Il fait clairement trop froid ce matin.

Doreen approuva.

— Je peux voir ça, dit-elle avant de se tourner et de mettre les bras autour de lui pour lui faire un gros câlin. Il y a du café tout frais.

— Là, ça m'intéresse, dit-il en la relâchant pour aller se verser une tasse.

— J'espère que nous n'aurons pas à organiser le mariage tout de suite, marmonna Doreen, inquiète.

— Non, pas du tout. Pas de pression.

— Tu plaisantes ? Ta mère et ton frère m'ont déjà appelée ce matin.

Mack fit un grand sourire.

— Ouais, ils sont tous les deux très contents.

— Ce n'est pas une plaisanterie pour toi et honnête-ment, pour moi non plus.

Il leva les yeux, un large sourire sur le visage et il acquies-ça.

— C'est plaisant à entendre.

— Tu ne m'empêcheras pas d'essayer de résoudre ces enquêtes, n'est-ce pas ?

— Non, je n'empêcherai rien, répondit-il en opinant du chef. Je ne fais pas ces choses-là.

Elle sourit et hocha la tête.

— Alors… Tu as une autre affaire ?

— Non, dit-il en se tournant, les yeux plissés. Je n'ai pas d'autre enquête.

— Okay… Je suppose que je peux vivre avec ça.

— Et tu *peux* vivre avec, souligna-t-il. Et si on passait un marché ? Pas de nouvelle enquête avant la nouvelle année, d'accord ? Nous passerons un agréable et paisible Noël.

— Ça me va, répondit-elle, peu ravie.

Épilogue

Fin décembre…

— CE N'ÉTAIT pas de ma faute ! dit Doreen en regardant furieusement Mack. Tu as dit que nous attendrions la nouvelle année et j'étais d'accord. Ce n'est pas de ma faute si quelqu'un vient d'appeler pour me demander de venir jeter un œil à son parterre de fleurs !

— Quel parterre de fleurs ? questionna Mack, frustré. Et pourquoi tu veux aller voir ça ?

— Car il pense qu'un meurtre y a été commis.

Il ferma les yeux et murmura :

— Bon Dieu…

— Je sais, je sais. Mais je ne l'ai pas contacté, Mack. Je n'ai rien à voir là-dedans.

— Tu n'as plus à le faire, dit-il en soupirant. Ils semblent juste sortir de l'ombre maintenant.

— Je sais ! s'exclama-t-elle, un sourire rayonnant aux lèvres. N'est-ce pas super ?!

— Et qu'est-ce que tu veux dire, quelqu'un a-t-il été tué dans la serre ? N'auraient-ils pas dû appeler la police ?

— Apparemment, c'était il y a un moment, genre il y a longtemps, dit-elle avant de lui donner un petit coup de coude. Alors ça ferait un *cold case*…

— Pas si c'est encore en vigueur, la contredit-il.

— J'espérais que tu pourrais être plus… bienveillant à ce sujet. Je t'ai appelé, pensant que tu souhaiterais m'accompagner.

— Oui, j'ai vraiment envie de venir, répondit-il en la toisant. Je ne sais pas pourquoi les gens pensent toujours qu'ils peuvent directement s'adresser à toi au lieu d'aller voir la police.

Doreen ne dit rien à cela et il soupira.

— Ta réputation est clairement meilleure que la nôtre.

Elle éclata de rire.

— Oui, et j'en suis navrée car j'essaie vraiment de ne pas donner l'impression que vous ne faites rien.

— C'est exactement de quoi ça a l'air. Bref, mais enfin qui a été tué dans sa serre selon lui ?

— Il ne sait pas. Soi-disant – à l'époque, il y a long-temps, quand le meurtre est censé avoir eu lieu – qu'il a découvert une affreuse quantité de sang dans ce parterre de fleurs. Il dit avoir pris un tas de photos et avoir appelé la police à ce moment-là. Cependant, il n'a pas pu utiliser son carré de courgettes depuis ce temps car il avait peur que ça détruise les preuves. Et puis, je suppose que c'était mal, selon lui.

— Mais il a bien contacté la police ?

— Il dit l'avoir fait, mais c'était il y a longtemps.

— Donc nous ignorons si un corps humain se trouvait là. Nous ignorons qui y a été tué. Nous ignorons qui il a contacté au département. Ce qui veut dire que nous ne savons vraiment rien. *Super.* Une nouvelle affaire faite pour endommager notre réputation.

— Mais ça, c'était l'ancien temps, lui dit-elle avec un

grand sourire. Pas le nouveau. Tu es prêt ?

— Prêt pour quoi ?

Elle sourit.

— Pour commencer la nouvelle année et pour commencer la nouvelle année avec… tu es prêt ?

Mack fit signe que oui mais affichait tout de même un sourire triste.

— *Raide mort dans les Courgettes !* annonça Doreen avant d'éclater de rire.

Au bout de quelques instants, cela fit également sourire Mack.

— Allez, allons-y, dit-elle. J'ai hâte d'entamer une nouvelle année avec toi… et une autre tournée de *cold cases.*

Et bras dessus bras dessous, ils s'en allèrent jeter un œil à cette enquête.

C'est la fin du tome 27 de *Jolis Jardins Maudits : La Joyeuse Folie du Gui*

Découvrez *Raide Mort dans les courgettes*, tome 1 de *Jolis Jardins Maudits, Retour en arrière*

Jolis Jardins Maudits, Retour en arrière Raide Mort dans les Courgettes tome 1

Doreen se remet doucement de cette fin d'année complètement dingue, bien que joyeuse, tournée vers la nouvelle année et ce qu'elle pourrait lui apporter. Puisqu'elle est désormais fiancée à Mack – et que tout le monde autour d'elle la presse pour choisir une date pour le mariage en espérant que ce soit bientôt –, elle meurt d'envie d'avoir une nouvelle enquête pour l'occuper.

Alors quand un vieux gentleman l'appelle et qu'il a besoin d'aide pour satisfaire le dernier souhait de sa femme, Doreen se tient prête à l'aider. Cette affaire est plus ancienne qu'un *cold case*, ce qui veut dire qu'elle a carte blanche. Cependant, quand cela commence à flirter un peu trop avec la nouvelle enquête de Mack, il la rappelle rapidement à l'ordre… seulement, il n'est pas assez rapide.

Doreen et son loyal trio d'animaux parcourent la zone de Joe Rich jusqu'au centre de Kelowna, son *cold case* s'entremêlant avec l'enquête en cours de Mack. Résoudre ces deux affaires méritera d'être mentionné dans les livres d'histoire !

Le tome 1 est disponible !
Pour en savoir plus, visitez le site web de Dale Mayer.
https://geni.us/DMSFRZonked

Note de l'auteure

Merci d'avoir lu *La Joyeuse Folie du Gui : Jolis Jardins Maudits, tome 27* ! Si vous avez apprécié le livre, merci de prendre un moment pour laisser votre avis.

Chers lecteurs,

J'aime avoir de vos nouvelles, alors n'hésitez pas à me contacter sur mon site web : www.dalemayer.com ou sur ma page d'auteure Facebook. Pour être informés des nouvelles parutions et des offres spéciales, inscrivez-vous à ma newsletter ou suivez-moi sur BookBub. Si vous souhaitez rejoindre mon groupe de lecteurs, voici la page d'inscription sur Facebook.
http://geni.us/DaleMayerFBGroup

À bientôt,
Dale Mayer

À propos de l'auteure

Dale Mayer est une auteure de best-sellers au classement de *USA Today*, connue pour ses romances militaires sur les forces spéciales, sa série *Psychic Visions* et sa série *Jolis Jardins Maudits*, dans le genre cozy mystery. Ses romances contemporaines sont vibrantes d'émotion et de passion (série *Broken But... Mending*, *Hathaway House*). Ses thrillers vous laisseront à bout de souffle (séries *By Death* et *Kate Morgan*) et ses comédies romantiques vous feront rire aux éclats (*It's a Dog's Life*, une novella hors-série, et la série *Broken Protocols* avec Charming Marvin, le chat).

Elle laisse libre cours aux séries qui lui viennent… dont certaines sont carrément folles, enfreignant toutes les règles et croisant différents genres !

En plus de ses romans de fiction, elle écrit également des textes documentaires dans de nombreux domaines, dont la rédaction de CV, le jardinage de loisir et le système de crédit immobilier américain. Elle a récemment publié la série professionnelle *Career Essentials*. Tous ses livres sont disponibles aux formats papier et ebook.

Contactez Dale Mayer en ligne

Site web de Dale – www.dalemayer.com
Twitter – @DaleMayer
Facebook Page – geni.us/DaleMayerFBFanPage
Facebook Group – geni.us/DaleMayerFBGroup
BookBub – geni.us/DaleMayerBookbub
Instagram – geni.us/DaleMayerInstagram
Goodreads – geni.us/DaleMayerGoodreads
Newsletter – geni.us/DaleNews

www.ingramcontent.com/pod-product-compliance
Lightning Source LLC
Chambersburg PA
CBHW070312190726
48291CB00012B/1081